DUZHE CONGSHU

花开不只在春天

读者丛书编辑组 / 编

读者出版传媒股份有限公司
甘肃人民出版社

图书在版编目（CIP）数据

花开不只在春天 / 读者丛书编辑组编 . -- 兰州 ：
甘肃人民出版社，2022.11 （2024.12重印）
ISBN 978-7-226-05812-1

Ⅰ. ①花… Ⅱ. ①读… Ⅲ. ①散文集 — 中国 — 当代
Ⅳ. ①I267

中国版本图书馆CIP数据核字（2022）第066774号

总 策 划：刘永升　马永强　李树军
项目统筹：宁　恢　高茂林
策划编辑：高茂林
责任编辑：李依璇
封面设计：裴媛媛

花开不只在春天

HUAKAI BUZHI ZAI CHUNTIAN

读者丛书编辑组　编
甘肃人民出版社出版发行
（730030　兰州市读者大道568号）
三河市嵩川印刷有限公司印刷
开本 710毫米×1000毫米　1/16　印张16　插页2　字数200千
2022年11月第1版　　2024年12月第3次印刷
印数：23 001~25 000
ISBN 978-7-226-05812-1　　定价：39.00元

目 录
CONTENTS

2

有了小孩以后

老 舍

艺术家应以艺术为妻，实际上就是当一辈子光棍儿。在下闲暇无事，往往写些小说，虽一回还没自居过文艺家，却也感觉到家庭的累赘。每逢困于油盐酱醋的灾难中，就想到独身一人，自己吃饱便天下太平，岂不妙哉。

家庭之累，大半由儿女造成。先不用提教养的花费，只就淘气哭闹而言，已足使人心慌意乱。小女三岁，专会等我不在屋中，在我的稿子上画圈拉杠，且美其名曰"小济会写字"！把人要气没了脉，她到底还是有理！再不然，我刚想起一句好的，在脑中盘旋，自信足以愧死莎士比亚，假若能写出来的话。当是时也，小济拉拉我的肘，低声说："上公园看猴？"于是我至今还未成莎士比亚。小儿一岁整，还不会"写字"，也不晓得去看猴，但善亲亲，闭眼，张口展览上下四个小牙。我若没事，请求他闭眼，露牙，小胖子总会东指西指的打岔。赶到我拿起笔来，他那一套全来了，不但亲脸，闭眼，还"指"令我也得表演这几招。有什么办法呢?!

这还算好的。赶到小济午后不睡，按着也不睡，那才难办。到这么四点来钟吧，她的困闹开始，到五点钟我已没有人味。什么也不对，连公园的猴都变成了臭的，而且猴之所以臭，也应当由我负责。小胖子也有这种困而不睡的时候，大概多数是与小济同时发难。两位小醉鬼一齐找毛病，我就是诸葛亮恐怕也得唱空城计，一点办法没有! 在这种干等束手被擒的时候，偏偏会来一两封快信——催稿子! 我也只好闹脾气了。不大一会儿，把太太也闹急了，一家大小四口，都成了醉鬼，其热闹至为惊人。大人声言离婚，小孩怎说怎不是，于离婚的争辩中瞎打混。一直到七点后，二位小天使已困得动不得，离婚的宣言才无形地撤销。这还算好的。遇上小胖子出牙，那才真叫厉害，不但白天没有情理，夜里还得上夜班。一会儿一醒，若被针扎了似的惊啼，他出牙，谁也不用打算睡。他的牙出利落了，大家全成了红眼虎。

不过，这一点也不妨碍家庭中爱的发展，人生的巧妙似乎就在这里。记得 Frank Harris 仿佛有过这么点记载：他说王尔德为那件不名誉的案子过堂被审，一开头他侃侃而谈，语多幽默。及至原告提出几个男妓作证人，王尔德没了脉，非失败不可了。Harris 以为王尔德必会说："我是个戏剧家，为观察人生，什么样的人都当交往。假若我不和这些人接触，我从哪里去找戏剧中的人物呢? "可是，王尔德竟自没这么答辩，官司就算输了!

把王尔德且放在一边，艺术家得多去体验，Harris 的意见，假若不是特为王尔德而发的，的确是不错。连家庭之累也是如此。还拿小孩们说吧——这才来到正题——爱他们吧，嫌他们吧，无论怎说，也是极可宝贵的经验。

在没有小孩的时候，一个人的世界还是未曾发现美洲的时候的。小孩是哥伦布，把人带到新大陆去。这个新大陆并不很远，就在熟悉的街道上和家里。你看，街市上给我预备的，在没有小孩的时候，似乎只有理发馆、饭铺、书店、邮政局等。我想不出婴儿医院、糖食店、玩具铺等等的意义。连药房里的许许多多婴儿用的药和粉，报纸上婴儿用的药片的广告，百货店里的小袜子小鞋，都显得多此一举，劳而无功。及至小天使自天飞降，我的眼睛似乎戴上了一双放大镜，街市依然那样，跟我有关系的东西可是不知增加了多少倍！婴儿医院不但挂着牌子，敢情里边还有医生呢。不但有医生，还挺神气，一点也得罪不得。拿着医生所给的神符，到药房去，敢情那些小瓶子小罐都有作用。不但要买瓶子里的白汁黄面和各色的药饼，还得买瓶子罐子，轧粉的钵，量奶的漏斗，卫生尿布，玩艺多多了！百货店里那些小衣帽，小家具，也都有了意义；原先以为多此一举的东西，如今都成了非它不行；有时候铺中缺乏了我所要的那一件小物品，我还大有看不起他们的意思：既是百货店，怎能不预备这件东西呢？！慢慢地，全街上的铺子，除了金店与古玩铺，都有了我的足迹；连当铺也走得怪熟。铺中人也渐渐熟识了，甚至可以随便闲谈，以小孩为中心，谈得颇有味儿。伙计们，掌柜们，原来不仅是站柜做买卖，家中还有小孩呢！有的铺子，竟自敢允许我欠账，仿佛一有了小孩，我的人格也好了些，能被人信任。三节的账条来得很踊跃，使我明白了过节过年的时候怎样出汗。

小孩使世界扩大，使隐藏着的东西都显露出来。非有小孩不能明白这个。看着别人家的孩子，肥肥胖胖，整整齐齐，你总觉得小孩们理应如此，一生下来就戴着小帽，穿着小袄，好像小雏鸡生来就披着一身黄绒似的。赶到自己有了小孩，才能晓得事情并不这么简单。一个小娃娃身上穿戴着全世界的工商业所能供给的，给全家人以一切啼笑爱怨的经验，小孩的确是位小活神仙！

　　有了小活神仙，家里才会热闹。窗台上，我一向认为是摆花的地方。夏天呢，开着窗，风儿轻轻吹动花与叶，屋中一阵阵的清香。冬天呢，阳光射到花上，使全屋中有些颜色与生气。后来，有了小孩，那些花盆很神秘地都不见了，窗台上满是瓶子罐子，数不清有多少。尿布有时候上了写字台，奶瓶倒在书架上。大扫除才有了意义，是的，到时候非痛痛快快地收拾一顿不可了，要不然东西就有把人埋起来的危险。上次大扫除的时候，我由床底下找到了但丁的《神曲》。不知道这老家伙干吗在那里藏着玩呢！

　　人的数目也增多了，而且有很多问题。在没有小孩的时候，用一个仆人就够了，现在至少得用俩。以前，仆人"拿糖"，可以暂时不用；没人做饭，就外边去吃，谁也不用拿捏谁。有了小孩，这点豪气趁早收起去。三天没人洗尿布，屋里就不要再进来人。牛奶等项是非有人管理不可，有儿方知卫生难，奶瓶子一天就得烫五六次，没仆人简直不行！有仆人就得捣乱，没办法！

　　好多没办法的事都得马上有办法，小孩子不会等着"国联"慢慢解决儿童问题。这就长了经验。半夜里去买药，药铺的门上原来有个小口，可以交钱拿药，早先我就不晓得这一招。西药房里敢情也打价钱，不等他开口，我就提出："还是四毛五？"这个"还是"使我省五分钱，而且落个行家。这又是一招。找老妈子有作坊，当票儿到期还可以入利延期，也都被我学会。没功夫细想，大概自从有了儿女以后，我所得的经验至少比一张大学文凭所能给我的多了许多。大学文凭是由课本里掏出来的，现在我却念着一本活书，没有头儿。

　　连我自己的身体现在都会变形，经小孩们的指挥，我得去装马装牛，还须装得像个样儿。不但装牛像牛，我也学会牛的忍性，小胖子觉得"开步走"有意思，我就得百走不厌；只作一回，绝对不行。多咱他改了主意，多咱我才能"立正"。在这里，我体验出母性的伟大，觉得打老婆的人们满该下狱。

中秋节前来了个老道，不要米，不要钱，只问有小孩没有？看见了小胖子，老道不高兴，说十四那天早晨须给小胖子左腕上系一根红线。备清水一碗，烧高香三炷，必能消灾除难。右邻家的老太太也出来看，老道问她有小孩没有，她惨淡地摇了摇头。到了十四那天，倒是这位老太太的提醒，小胖子的左腕上才拴了一圈红线。小孩子征服了老道与邻家老太太。一看胖手腕的红线，我觉得比写完一本伟大的作品还骄傲，于是上街买了两尊兔子王，感到老道、红线、兔子王，都有绝大的意义！

（摘自《读者》2001年第16期）

不为什么

冰 心

　　有一次，幼小的我，忽然走到母亲面前，仰着脸问："妈妈，你到底为什么爱我？"母亲放下针线，用她的面额，抵住我的前额，温柔地、毫不迟疑地说："不为什么，只因你是我的女儿！"

　　小朋友，我不信世界上还有人能说这句话！"不为什么"这四个字，从她口里说出来，何等刚决，何等无回旋！她爱我，不是因为我是"冰心"，或是其他人世间的一切虚伪的称呼！她的爱是不附带任何条件的，唯一的理由就是我是她的女儿。总之，她的爱，是摒除一切、拂拭一切，劈开我前后左右层层蒙罩的，使我成为"今我"的元素，而直接地来爱我的自身！

　　假使我走到幕后，将我二十年的历史和一切都变更了，再走到她面前，世界上纵没有一个人认识我，只要我仍是她的女儿，她就仍用她坚强无尽的爱来包围我。她爱我的肉体，她爱我的灵魂，她爱我前后左右，过去、将来、现在的一切！

天上的星辰，骤雨般落在大海上；海波如山一般的汹涌，一切楼屋都在地上旋转；天如同一张蓝纸卷了起来；树叶满空飞舞，鸟儿归巢，走兽躲进它的洞穴。万象纷乱中，只要我能寻到她，投到她的怀里——天地一切都信她！她对于我的爱，不因着万物毁灭而变更！

她的爱不但包围我，而且普遍地包围着一切爱我的人。因为爱我，她也爱了天下的儿女，更爱了天下的母亲。小朋友，告诉你一句小孩子以为是极浅显、而大人们以为是极高深的话："世界便是这样建造起来的！"

（摘自《读者》2019年第17期）

教育你的父母

梁实秋

"养不教，父之过。"现在时代不同了，父母年纪大了，子女也负有教育父母的义务。话说起来好像有一点刺耳，而事实往往确是这样。

"吃到老，学到老。"前半句人人皆优为之，后半句却不易做到。人到七老八十，面如冻梨，痴呆黄老，步履维艰，还教他学什么？只合含饴弄孙或只坐在公园木椅上晒太阳。这时候做子女的就要因材施教，教他的父母不可自暴自弃，应该"人生七十才开始"。

代沟之说，有相当的道理。不过这条沟如何沟通，只好潜移默化。上一代的人有许多怪习惯，例如：父母对于用钱的方式，就常不为子女所理解。年轻人心里常嘀咕："你要那么多钱干什么？一个钱也带不到棺材里去！一个钱看得像斗大，一串串地穿在肋骨上，就是舍不得摘下来。眼瞧着钱财越积越多，而生活水准不见提高。"嘀咕没有用，要事实上逐步提示新的生活模式。看他的一把坐椅缺了一只脚，垫着一块砖，勉强凑合，你便不妨给他买一张转椅躺椅之类，看他肯不肯坐。看他的衣服捉襟见肘，污渍斑斑，你便不妨给他买一件松松大大的夹克，看他肯不肯穿。这当然不免要破费几文，然而这是个案研究的教学法，教具是免不了的。终极目的是要父母懂得如何过现代的生活，要让他知道消费未必就是浪费。

教育的方法多端，言教不如身教。父母绝非低能，大抵也会知道模仿。在公共场所，如果年轻人都知道不可喧哗，他们的父母大概也会不大声说话。如果年轻人都知道鱼贯排队，他们的父母也会不再攘臂抢先。如果年轻人不牵着狗在人行道上遗矢，他们的父母也许不好意思到处吐痰。种种无言之教，影响很大，父母教育儿女，儿女也教育父母。

有些父母在行为上犯有错误，甚至恶性重大不堪造就，为人子者也负有教育的责任。子曰："事父母，几谏，见志不从，又敬不违，劳而不怨。"这就是说，父母有错，要委婉劝告，不可不管；他不听，也不可放弃不管，更不可怨恨。当然，更不可以体罚。看父母那副孱弱的样子，不足以挡尊拳。

（摘自《读者》2006年第10期）

孩子的不快活

徐志摩

你在小孩时快活不？我，不快活。至少我在回忆中想不起来。

单看我们孩子的衣着先就可笑。浑身全给裹得紧紧的，膊、胫、腿也不让露在外面，怕着凉。怕着凉，不错；可是裤子是开裆的，孩子一往下蹲，屁股就往外露，肚子也就连带通风——这倒不怕着凉了！

孩子是不能常洗澡的，洗澡又容易着凉。在我们家乡，终年不洗澡的孩子并不出奇，我都不知道自己小时候每年洗几回澡。冬天不用说，因为屋子不生火，当然不洗。夏天有时不得不洗，但只浅浅的一只小桶，水又很烫，结果孩子们也就不爱洗。

我记得孩子时候顶怕两件事：一件是剃头，一件是洗澡。"今天我总得'捉牢'他来剃头。""今天我总得'捉牢'他来洗澡。"我妈总是这么说。他们可不对我讲一个一定得洗澡的理由，他们也不把洗的方法给弄适意些。这影响深极了，我到现在也总把洗澡看作一种必要的麻烦。

我的授业师父查桐荪先生，因为他出世时父母怕孩子着凉没有给他洗澡，他就把这不洗澡的习惯一直带到棺材里去——从生到死五十几年都没有洗过一次身体！不刷牙、不洗头、很少洗脸。

我们很少想到，品格、性情乃至思想上的不洁，也多半缘于小时候父母的姑息与颟顸。一般父母心目中的"好孩子"观念是：愈不像孩子的孩子是愈好的孩子。

孩子得听话，不许闹——中国父母最得意的是孩子听家人吩咐规规矩矩地叫人，绝对机械性地叫人——"伯伯""妈妈"。

因为要强制孩子听话，大人们有时就用种种哄骗恫吓的方法。多少成人作伪与怯懦的品性是在"别哭，老虎来了""别嚷，老太太来了""不许吃，吃了要长疮的"一类话下养成的！

不要怪孩子性情不好，或是愁他们身子不好，实际只要你们肯费一点心思，花一点工夫，认清了孩子本能的倾向，治水似的耐心地去疏导它，原来不好的地方很容易变好。

做父母的都有一个创作的机会，把你们的孩子养成一个健康、活泼、灵敏、慈爱的成人，替社会造一个有用的人才，同时也增你们自己的光，添你们的欢喜——这机会还不够大吗？

现代的成人为什么都是这么懒、这么脏（尤其在品格与思想上）、这么蠢、这么丑、这么破烂？现代的青年为什么这么弱、这么多愁多悲哀？这种种的不健康多是做爹娘的当初不曾尽他们应尽的责任，一半是愚暗，一半是懒怠。

（摘自《读者》2013年第12期）

忆孩时

杨 绛

回忆我的母亲

我曾写过《回忆我的父亲》《回忆我的姑母》,我很奇怪,怎么没写《回忆我的母亲》呢?大概因为接触较少。小时候,妈妈难得有工夫照顾我。而且我总觉得,妈妈只疼大弟弟,不喜欢我,因为我脾气不好。女佣们都说:"四小姐最难伺候。"其实她们也有几分欺我。我的要求不高,我爱整齐,喜欢裤脚扎得整整齐齐,她们就是不依我。

我妈妈忠厚老实,绝不敏捷。如果受了欺侮,她往往并无感觉,事后才明白,"哦,她(或他)在笑我",或"哦,他(或她)在骂我"。但是她从不计较,不久都忘了。她心胸宽大,不念旧恶,所以能和任何人都和好相处，一辈子没一个冤家。

妈妈并不笨，该说她很聪明。她出身富商家，家里也请女先生教读书。她不但新旧小说都能看，还擅长女工。我出生那年，爸爸为她买了一台缝衣机。她买了衣料自己裁，自己缝，在缝衣机上缝，一会儿就做出一套衣裤。缝纫之余，妈妈常爱看看小说，旧小说如《缀白裘》，她看得吃吃地笑。看新小说也能领会各作家的风格，例如看了苏梅的《棘心》，又读她的《绿天》，就对我说："她怎么学着苏雪林的《绿天》的调儿呀？"我说："苏梅就是苏雪林啊！"

妈妈每晚记账，有时记不起这笔钱怎么花的，爸爸就夺过笔来，写"糊涂账"，不许她多费心思了。但据爸爸说，妈妈每月寄无锡大家庭的家用，一辈子没错过一天。这是很不容易的，因为她是个忙人，每天当家过日子就够忙的。我家因爸爸的工作没固定的地方，常常调动，从上海调苏州，苏州调杭州，杭州调北京，北京又调回上海。

我爸爸厌于这类工作，改行做律师了。做律师要有个事务所，就买下了一所破旧的大房子。妈妈当然更忙了。接下来日寇侵华，妈妈随爸爸避居乡间，妈妈得了恶疾，一病不起，我们的妈妈从此没有了。

我想念妈妈，忽想到我怎么没写一篇《回忆我的母亲》啊？

我早已无父无母，姐妹兄弟也都没有了，独在灯下，写完这篇《回忆》，还痴痴地回忆又回忆。

人生的启蒙老师

三姐姐大我五岁，许多常识，都是三姐姐讲给我听的。

一天，三姐姐告诉我："有一桩可怕极了、可怕极了的事，你知道吗？"她接着说，"每一个人都得死，死，你知道吗？"我当然不知道，听了很害怕。三姐姐安慰我说："一个人要老了才死呢！"

我忙问："爸爸妈妈老了吗？"

三姐姐说："还远没老呢。"

我就放下心，把三姐姐的话全忘了。

三姐姐又告诉我一件事，她说："你老希望早上能躺着不起床，我一个同学的妈妈就是成天躺在床上的，可她并不舒服，很难受，她在生病。"

从此我不羡慕躺着不起来的人了，躺着不起来的是病人啊。

老、病、死，我算是粗粗地都懂了。

人生四苦：生、老、病、死。老、病、死，姐姐都算懂一点了，可是"生"有什么可怕呢？这个问题可大了，我曾请教哲学家、佛学家，众说不一，我至今还没懂呢。

张勋复辟

张勋复辟是民国六年的事。我和民国同年，六岁了，不是小孩子了，所以记得很清楚。

当时谣传张勋的兵专抢劫做官人家，做官人家都要逃到天津去，那天从北京到天津的火车票都买不到了。

但外国人家门口有兵看守，不得主人许可，不能入门。爸爸有个外国朋友名叫 Bolton（波尔登），爸爸和他通电话，告诉他目前的情况，问能不能到他家去避居几天。波尔登说："快来吧，我这里已经有几批人来了。"

当时我三姑母（杨荫榆）一人在校（那时已放暑假），她心里害怕，通电话问妈妈能不能也让她到波尔登家去。妈妈就请她饭后早点来，带了我先到波尔登家去。

妈妈给我换上最漂亮的衣裳，一件白底红花的单衫，我穿了到万牲园（现称动物园）去想哄孔雀开屏的。三姑母是乘了黄包车到我家的，黄包车还在大门外等着我们呢。三姑母抱我坐在她身边，到了一个我从没到过的人家。她一手拉着我，熟门熟路地往里走，来到一个外国人的书房。她笑着和外国人打了个招呼，就坐下和外国人说外国话，她把我抱上一张椅子，就不管我了。那外国人留着大菱角胡子，能说一口地道的中国话。他说："小姑娘今晚不回家了，住在我家了。"我不知是真是假，心里很害怕，而且我个儿小，坐椅子上两脚不能着地，很不舒服。

好不容易等到黄昏时分，看见爸爸妈妈都来了，他们带着装满箱子的几辆黄包车，藏明（我家的老佣人）抱着他宝贝的七妹妹，藏妈（藏明的妻子）抱着她带的大弟宝昌，三姐姐搀着小弟弟保俶（他的奶妈没有留下，早已辞退），一大家人都来了。这时三姑母却不见了，跟着爸爸妈妈等许多人都跑到后面不知哪里去了，我一人站在过道里，吓得想哭又不敢哭。等了好一会儿，才看见三姐姐和我家的小厮阿袁来了。三姐姐带我到一个小院子里，指点着说："咱们住在这里。"

我看见一个中国女人在院子里洗脸，她把洗脸布打湿了把眉毛左右一分。我觉得很有道理，以后洗脸也要学她了。三姐姐把我衣角牵牵，我就跟她走进一间小小的客厅，三姐姐说："你也这么大了，怎么这样不懂规矩，光着眼睛看人，好意思吗？"我心里想，这种女人我知道，上不上，下不下，是那种"搭脚阿妈"，北京人所谓"上炕的老妈子"，但是三姐姐说的也不错，我没为自己分辩。

那间小客厅里面搭着一张床，床很狭，容不下两个人，我就睡在炕几上，我个儿小，炕几上睡正合适。

016·

至于那小厮阿袁呢，他当然不能和我们睡在同一间屋里。他只好睡在走廊栏杆的木板上，木板上躺着很不舒服，动一动就会滚下来。

阿袁睡了两夜，实在受不了，而且饭菜愈来愈少，大家都吃不饱。阿袁对三姐姐说："咱们睡在这里，太苦了，何必呢？咱们回家去多好啊，我虽然不会做菜，烙一张饼也会，咱们还是回家吧。"

三姐姐和我都同意，回到家里，换上家常衣服，睡在自己屋里，多舒服啊！

阿袁一人睡在大炕上，空落落的大房子，只他一人睡个大炕，他害怕得不得了。他打算带几张烙饼，重回外国人家。

忽然听见噼噼啪啪的枪声，阿袁说："不好了，张勋的兵来了，还回到外国人家去吧。"我们姐妹就跟着阿袁逃，三人都哈着腰，免得中了流弹。逃了一半，觉得四无人声，站了一会儿，我们就又回家了。

爸爸妈妈也回家了，他们回家前，问外国人家我们姐妹哪儿去了。外国人家说，他们早已回家了。但是爸爸妈妈得知我们在张勋的兵开枪时，我们姐妹正都跟着阿袁在街上跑呢，爸爸很生气。阿袁为了老爷教他读书识字，很苦恼，很高兴地离了我们家。

（摘自《读者》2013年第22期）

妈妈的心

三　毛

去年春天，我在美国西雅图附近上学，听说住在台湾的父母要去泰国旅行，赶快拨了长途电话。

有一种项圈在台北就有卖，只是价格贵了很多，我看了几次都没舍得买。

听说妈妈要去清迈，那儿正好是这种项圈出产的地方，当然急着请求她一定要为我买回来，而且要多买几副好送人。

长途电话中，做女儿的细细描述项圈的式样，做母亲的努力想象，讲了好久好久，妈妈说她大概懂了。

启程之前，母亲为了这个托付，又打了长途电话来，这一回由她形容，我修正，一个电话又讲了好久好久。

等到父母由泰国回来时，我又打电话去问买了没有，妈妈说买了三副，又好看又便宜，价格只是台北的1/18，言下十分得意。接着她又形容了一遍，果然是我要的那种。

没过几天，我不放心，又打电话去告诉妈妈："这三副项圈最好藏起来，不要给家中其他的女人看到抢走了。"妈妈一听很紧张，立即保证一定密藏起来，等我六月回来时再看。

过了一阵，母亲节到了，我寄了一张卡片送给伟大的母亲，又准备在母亲节这一天，打电话去祝福、感谢我的好妈妈。正想着呢，台湾那边的电话却来了，我叫喊："母亲节快乐！"那边的声音好似做错了事情一样，说："项圈被妈妈藏得太好了，现在怎么找都找不到，人老了，容易忘记，反正无论如何是找不到了。"

我一急，也不知体谅人，就在电话里说："你是最伟大的妈妈，记性差些也不要紧，可是如果你找得出那些项圈来，一定更有成就感，快快去想呀。"

那几天，为了这三副项圈，彼此又打了好几回电话，直到有一天清晨，母亲喜出望外的电话惊醒了我，说找到了。"好，那你再去小心藏起来，不要给别人抢去，下个月我就回来了。"我跟母亲说。

等我回到台湾后，放下行李，立刻向母亲喊："快拿出来看看，我的项圈。"

听见我讨东西，母亲轻叫一声，很紧张地往她卧室走，口中自言自语："完了！完了！又忘了这一回藏在什么地方。"父亲看着这一场家庭喜剧，笑着说："本来是很便宜就买来的东西，你们两个长途电话打来打去，价格当然跟着乱涨，现在算算，这些电话费，在台北可以买上十副了。"说时，妈妈抱着一个椅垫套出来，笑得像小孩子一样，掏出来三副碰得叮叮响的东西。

我立即把其中的一副寄到美国，给了我的以色列朋友阿雅拉，一副给了负责《棋王》歌舞编排的弗劳伦斯·华伦。我只留了一副下面铸成心形的项圈给自己，那是妈妈给的心，只能是属于孩子的。

（摘自《读者》2015年第14期）

教 养

蔡 澜

教养这东西，人家都以为要出身名门才能拥有。其实这是一种常识，只要稍加注意都可学到，和你的出身没有关系。

没有教养的人，是懒惰的人、不求上进的人。他们无可救药，一见大场面就出丑，在外国旅行被人歧视，也是活该的。

当今大机构聘请职员，最后的面试大多在餐厅进行。

主人故意迟到，看你是不是一坐下来就先点菜不等别人。你酗不酗酒，主人也能立刻知道——忍不住的人一定先来一杯烈的。

菜上来，看你拿筷子，姿势是否正确倒没太大关系；那碟炸子鸡，你有没有乱翻之后才夹起一块，就决定了你的命运。

吃东西时，啧啧有声，更是大忌。有教养的人怎么会做出这种丑态？吃就吃，为什么还要啧啧啧啧？

父母没教你，那是上一辈人的错，不能完全怪你。但是你出来做事，连这点基本的餐桌礼仪都学不会，若派你去和对方的大老板谈生意，人家听到你啧啧啧啧，先讨厌了，一定谈不成。

有些时候，不必从餐桌旁看到，连面也不必见，听你的电话就能知道。

"等一下！"你说。管理阶层已皱眉头，为什么不会说"请等一下"？这个"请"字，就那么难说出口吗？

"是谁找他？"

为什么不说："请问您是……"

没有教养的女人，比没有教养的男人更加不能容忍。快去向苏州姑娘学习吧，她们的每一句话都像在征求你的意见。即使命令手下："把那个东西拿来！"也会说成："请你帮我把那个东西拿来，好不好？"

听到没有教养的人说话，我从不当面指正。教养这东西是自发的，自己肯学一定能学会，并非高科技。

（摘自《读者》2012年第7期）

给儿子的临别赠言

舒 婷

写《我儿子一家》时，孩子刚5岁。从那时到现在，随着孩子的成长，我陆续写了不少与他有关的文字。有时孩子跟我开玩笑：妈妈，我是你的摇钱树。今年他上高二，马上就要进入高三。我和他合作了一本书，将放在人民文学出版社的《两代人丛书》里。儿子没有专门为这本书写过任何文字，只是收集了他的周记、作文、书信、班刊和学习成绩单等等"历史资料"，当然还有他的光屁股相片。

明年儿子如果考上大学，就会远走高飞。曾经非常想到北京念书，因为他自以为跟北方孩子十分投缘，其实他认识的只是父母的朋友以及朋友们的孩子。最近他又琢磨着要报考本市大学，图的是离家近，"至少衣服被褥可以带回家洗，还可以常常吃顿好的"。儿子投放在餐桌上的注意力，一向仅次于足球场。

儿子生长在鼓浪屿，高中以后才到厦门去，那不过是比鼓浪屿稍大一点的岛屿罢了。学校不设寄宿，每天吃了早餐赶乘5分钟渡轮转公车去上学，中午吃快餐，饿狼一样扑回家吃晚饭。寒暑假我们尽量带他出门旅游，朋友聚会都有他的一席之地，他的性格相对开朗活泼。但是，我和他老爸自认都有不同程度的"孤岛意识"，加上独生子女多数有一点自闭，我怂恿他到北方读书（在福建人看来，江西、浙江就算北方了），经历不同的生活环境，锻炼生存能力。

只要设想儿子离家（其实还有一年多），不由心中发虚，好像要挖掉一大块肉似的。已不需为他"临行密密缝"，阿迪达斯的衣服不及穿破，就换了保罗。做母亲的，满腹仍然"意恐迟迟归"的盼咐，只怕儿子不耐炙人的"三春晖"先溜远了"寸草心"。为使自己届时不乱了阵脚，题词在此。

第一，关关雎鸠，在河之洲。

有一天儿子回家的时间超过预算，他解释说："到本区幼儿园看望丈母娘哩。"实际上他是去完成规定的社会实践，教娃娃们唱歌。有时他装出一脸沮丧以示清白："我从小到大都没谈过恋爱，岂不是太没有面子了。"

好吧儿子，爱情迟早会来临。有时像春雨，润物细无声，等你觉醒，它已根深叶茂；有时像一记重槌，当胸一杵，顶得你耳鸣目眩，心碎肠断；有时像台风过境，既是烈焰般的轰轰烈烈，也具有毁灭性的一面；更多的是普通人的爱情，游戏般的挫折和考验，小小的惊喜和甜蜜，平淡、庸常、琐碎，然而持久。

我不信任中学时代的恋爱。高中功课紧张，压力大，需要付出全部精力和时间。尤其前景未明，你很难预测你的心上人会不会和你考上同一所大学，更难预测你们有没有足够的爱情来忍受至少四年的分离，包括抵挡其他诱惑。我还不至于土到一提谈恋爱就考虑天长地久，但我也不能新潮到把爱或者情当摩登时尚或一剂精神泻药。不管初恋成功或失败，不管它是一生一世或者仅仅是过眼烟云，都必须真诚对待，才不会辱没了你和你所爱的人。

既然避孕套已发放到某些较开明的大学校园，朝夕相处的大学生活，将在青春期的男女之间燃点什么热度的情感，孩子们有更多的信心和空间自己选择。他们不愿让父母参与，以此作为独立宣言。

我的忠告是：第一次性经验（文明说法叫第一次亲密接触），最好是和你所爱的人。这会使你对性爱认识有比较健康的、和谐的、美好的开端，避免造成心理损伤。如果女朋友怀孕了怎么办？你们两个好好商量，共同做出决定要不要这个孩子，然后取得父母的谅解和帮助。根据中国国情，这类事通常认为是女孩子吃亏，因此她的父母比较难以接受，往往需要时间沟通。儿子，如果是这样，无论你们打算结婚与否，你都可以指望我们的理解和尊重，在经济和道义上得到完全的支持。我们将以你的幸福为幸福，因此会尽最大努力来爱你所爱的人，无论我们之间的生活方式和观念有多大的差异。

第二，吸烟何止危害健康？！

我的父兄不吸烟，丈夫和公公亦无烟史，家中一直是天然无烟区。偶尔夜归，见男童三两，缩在黑巷里，轮流吸着烟头，不由担心起来。问儿子："你是不是觉得抽烟很神秘？如果你和班上男同学想知道什么叫吸烟，就邀请他们到家里来，我买包好烟，你们可以安全地尝试。"这只是像接种疫苗一样，试图给孩子提高对香烟的免疫力。因此还需郑重告诫："当然，必须到此为止。"

　　儿子对这项新出台的家庭开放政策只是嘻嘻一笑："妈妈你忘了我有多严重的过敏性鼻炎，烟只有熏老鼠的功能，哪还有香的效果？"

　　可我不知道儿子离家后，会不会在环境的压力下和诱惑下改变初衷？只要他吸烟，就有可能接触毒品。国内外有那么多报道，都是关于毒贩子将混了毒品的香烟免费发放给孩子们，最后孩子们沦落成为他们的囊中之物。我对毒品深恶痛绝势不两立，令我忘记恐惧，然而积极防卫却必不可少。

　　因此儿子，如果你发现已自觉不自觉染上毒瘾，你要鼓起勇气，全身心投入一场严酷斗争，为挽救自己生命、前途和幸福而永远不要气馁，永远不要放弃。如果这样（我但愿假设永远只是假设），这不是你一个人的战争，是一个家庭，乃至全社会的共同歼灭战。你将得到所有正义力量的援助，你的父母将不惜一切代价，紧紧握住你的手，直到你彻底摆脱恶魔的阴影。

　　第三，是哪一只手，放在你的肩膀上？

　　儿子，无论你遇到什么，失恋、伤痛、过失、吸毒、战争，我都将义无反顾保持精力和信心，为你的康复与你一起努力斗争。任何时候你感到孤单，渴求温暖，你都会看到身后有我，你从不远离永不失望的母亲。

　　像你的同代人一样，你是我们的独生儿子。我们一直鼓励你和同龄孩子交朋友，为你举办聚会，支持你参加学校各项活动；不问给你打电话的是谁，仅适当管制时间，因为你有功课，而我们也需要用电话。我自己从小依赖友情，上帝慷慨赐我许多肝胆相照的朋友，他们不但是我一生最大的财富，其柔光淡彩，同样荫护在你的成长过程中。

　　我深信儿子将有自己的好朋友，不管是红颜知己还是管鲍之交，相知、默契、忠诚而久远。我是一个中国母亲，接受的更多是传统教育，多次因文化交流进出西方国家，使我对同性恋问题感受良深。据有关研究报道，说同性恋是由于遗传基因所决定，不能完全归结于病态，是一种生理现象，不能以正常或不正常来区分同性恋者。但是，即便在西方，如果17岁了还没有女朋友，父母便有些忧心忡忡。无论他们用民主思想如何说服自己，想到孩子的一生将遇到那么多的压力，没有家庭，没有后代，求职谋生的坎坷凄凉，亲朋的疏离斜视，有哪个妈妈内心不悲痛欲绝？

杯弓蛇影的我仔细观察着，看来儿子没有这个倾向。他对女生的兴趣和评判，对男生的欣赏和交往，都和大多数男孩子一样。

儿子，将来你会住到男生宿舍里，有许多晨昏相见的室友。相互投缘就建立友谊，不太喜欢就以礼相待，哪怕口角摩擦，都很正常。如果哪一个男孩的热情里掺有其他成分（这一种接触很容易分辨），儿子，你可以私下坦率告诉他，你有女朋友了。可能这是谎言，你仅是在表白你的性爱方式，而且考虑到不伤害人。憧憬并期待你的爱情瓜熟蒂落，不要轻易让别的什么赝品替代。

我将无限欣喜欢迎我的儿子，当他揽着一个姑娘的肩膀，把她带到家里。

儿子从我的肩后看到这段文字，补充说："更有可能的是，我只会抱回一个小孩子，说：请您暂时收养我的孩子吧，妈妈。"

呵，儿子，我很愿意。

（摘自《读者》2005年第15期）

致吾女

陈建功

女儿：

几天前我和你妈妈一起翻找东西，意外地发现了你来到人世间时穿的第一件宝宝装。我看着那长不盈尺的衣裤实在有些意外，以至一时转不过弯儿来。以为面对的是一件芭比娃娃的衣服。我相信你妈妈也和我一样感到意外，因为随后我们都忍不住异口同声地感慨起来："啊，好像我们的女儿昨天还不过是这么一点点，怎么今天忽然就成了一个大姑娘！"

真是巧得很，今天贵校来了一纸信函，说是小姐您十八大寿将至，为父母者须出席您的"成人典礼"且给您一番成年的训示。

真后悔平常净和你嘻嘻哈哈地穷开心了，现在可好，哪儿还端得出丝毫为父的威严。呜呼，年过半百才忽然发现，我居然一次也没有享受过一个中国老爷子发号施令的权利。

岂止是我，令堂大人也是如此啊！还记得你小时候吃药的细节吗？我们一而再、再而三地给你讲道理，最终让你满眼噙着泪水，自己张嘴把药吃下去。我们甚至未曾捏着你的鼻子灌过一次。我们更是一次也没有打过你，没有训斥过你。你当然做过错事，可我们除了认认真真地和你讨论是非曲直，从来也没有强加给你任何你尚未理解的东西。

这个世界上不给人以平等、不给人以尊重的事情太多太多，你的父母一生所见所闻，亲身遭遇的屈辱和不平也太多太多。我们相信，你既然来到人世，所遭屈辱所遇不平庶几难免，可是如果在我们自己的家里，我们自己的女儿都得不到平等和尊重，这样的人生还有什么幸福可言？

我和你妈妈都在庆幸，庆幸我们一直坚持着既定的原则，否则，我们还能培养出你这么一块料吗？

女儿，说老实的，你老爸老妈为你感到骄傲。骄傲的决不是世俗的所谓成绩与名次，而是你的尊严感并没有被摧毁，你不会蝇营狗苟察言观色活得委琐而可怜；你的个性没有泯灭，你不会随波逐流人云亦云活得圆滑而压抑，你维护着自己的尊严和个性，又懂得尊重别人的尊严和个性。这是一种健康、健全的人格。

能以这样的人格追求去做学问，将会坚守自己的发现和创造，也尊重别人的发现与创造。这就是我一直和你说的"北大精神"。我为自己的女儿在18岁前能奠定健康的人格基础而欣慰。

人生得吾女足矣。

我知道，你妈妈知足，你可千万别知足。你得想想，18岁以后你应该怎么做？

我们对你有如下建议：

第一，18岁你得抱定主意去"行万里路"了。我知道你得笑我假模假式地说套话。可是你爸18岁那年去挖煤了，你妈18岁那年去种地了，而你，或许能够自省到自己的视野尚嫌狭窄，性格尚嫌脆弱吧？除了抱定领略大千世界拓展人生视野的渴望，去经风雨、见世面，又有什么办法？18年来，我们对你的一切培养其实都是为了你能够离开我们，自己去面对世界。

第二，又是一句套话，18岁你得开始"破万卷书"了。我早就说过，读书的妙处，就在于它能使有限的人生得到无限的拓展。我是从15岁开始手不释卷的，如今仍觉"书到用时方恨少"。"日月忽其不淹兮，春与秋其代序"，"年一过往，何可攀援？"逝者如斯夫，望吾女莫做老父蹉跎之叹。

第三，18岁，你得准备迎接蹉跎磨难。"西伯拘而演《周易》，仲尼厄而作《春秋》"，须牢记，一切磨难都是对有声有色的人生新的赐予，因此，从事人文科学的知识分子的最高境界，是对降临人生的磨难永远作艺术化或哲学化的观照，将其变为丰富自己、激励自己的机会。太史公曰："古者富贵而名磨灭，不可胜记，惟倜傥非常之人称焉。"愚以为，富贵无须羡，名利亦不足道，做一个倜傥非常之人，无论面对什么挫折，永不委顿，永远生活得超迈而乐观。是为至要。

好啦，吾家有女初长成，老夫不能不唠叨。杂谈如上，不知能复命否？

陈朗小姐，前进前进前进进！

你爸（执笔）

你妈（圈阅）

（摘自《读者》2001年第21期）

孩子，请听我说

黄伯平

孩子，当你还很小的时候，我花了很多很多的时间，教你慢慢地用汤匙，用筷子吃东西；教你穿衣服、绑鞋带、系扣子；教你洗脸、梳头；教你擤鼻涕、擦屁股……

这些和你在一起的点点滴滴，是多么的令我怀念不已！

所以，当我想不起来、接不上话时，请给我一点时间，等我一下，让我再想一想……极可能最后连要说什么我也一并忘记，请体谅我，让我继续沉醉在这些回忆中吧！

孩子，你是否还记得，我们练习了好几百回才学会的第一首儿歌？

你是否还记得，你每天都逼着我绞尽脑汁回答你是从哪里冒出来的？

　　所以，如果我啰啰嗦嗦重复一些老掉牙的故事，如果我情不自禁地哼出我孩提时代的儿歌，请不要怪我。

　　现在，我经常忘了系扣子、绑鞋带，吃饭时经常弄脏衣服，梳头时手还会不停地颤抖……不要催促我，不要发脾气，请对我多一点耐心，只要有你在眼前，我的心头就会有很多的温暖。

　　我的孩子！

　　如今，我的脚站也站不稳，走也走不动，所以，请你紧紧地握着我的手，陪着我，慢慢地向前走，就像当年我牵着你一样……

　　以上是一个孤苦老人写在敬老院砖墙上的留言，不知道你看到它时，是什么样的感觉？是否像我一样心里一阵阵地悸动呢？是否那些尘封多年的记忆猛然地被它轻轻唤醒？是否早已麻木的神经被这一件件我们都曾经历过的往事蓦然触动？

　　我反复看了四遍，意犹未尽，我还伤感，想哭，于是我提笔在笔记本上将它抄写下来。抄写时，你知道那是怎样的感受吗？我抄着抄着，仿佛听见了父母在对自己说心里话！

　　这么多年来，我总以为父爱母爱是应该感天动地、轰轰烈烈的，以至于我认为父亲母亲对我的爱太过平凡，没有给我创造出什么大感动、大恩惠，就连他们为我做的再平淡不过的小事也被我认为是理所当然的。自从考上大学，我来南京读书以来，我很少能有时间和他们在一起。不同的文化程度、人生经历让我们陌如隔世，极其困难的交流也让我们的距离越来越远。就连那些小事，也一件件从我的记忆里消失了。但是，读了这位孤苦老人的留言后，我才真正体会到：我的父亲母亲，连同我，都是这世上极平凡的人，不会有什么轰轰烈烈，更不会有什么感天动地，但我该为父亲母亲这朴素、平凡而又博大的情感骄傲！

时间如秋风，把流逝了的和正在流逝的一切像落叶一般卷走，一年又一年，这极其平凡却无比深厚的感情，只要留在他们和我的心里，总会陪伴我们走过一生……

现在，你不妨也将这个孤苦老人写在敬老院砖墙上的留言认真地、用心地、一笔一画地抄写一遍吧！你会更深地了解我们渐渐上了年纪的父亲母亲，也会想到我们年迈的时候……

（摘自《读者》2004年第6期）

学会感恩
肖复兴

没有阳光，就没有日子的温暖；没有雨露，就没有五谷的丰登；没有水源，就没有生命；没有父母，就没有我们自己；没有亲情友情和爱情，世界就会是一片孤独和黑暗。这些都是浅显的道理，没有人会不懂，但是，我们常常缺少一种感恩的思想和心理。

"谁言寸草心，报得三春晖"；"谁知盘中餐，粒粒皆辛苦"，我们小时候背诵的诗句，讲的就是要感恩。滴水之恩，涌泉相报；衔环结草，以报恩德，中国绵延多少年的古老成语，告诉我们的也是要感恩。但是，这样的古训并没有渗进我们的血液，有时候，我们常常忘记了，无论生活还是生命，都需要感恩。

蜜蜂从花丛中采完蜜，还知道嗡嗡地唱着道谢；树叶被清风吹得凉爽，还知道飒飒地响着道谢。但是，我们还不如蜜蜂和树叶，有时候，我们往往容易忘记了需要感恩。

没错，感恩的敌人，是忘恩负义。但是，真正忘恩负义的人毕竟是少数，大多数的人们常常对别人给予自己的帮助和情谊、恩惠和德泽，以为是理所当然，便容易忽略或忘记，有意无意地站在了感恩的对立面。难道不是吗？我们父母给予我们的爱，常常是细小琐碎却无微不至，不仅常常被我们觉得就应该是这样，而且还觉得他们人老话多，树老根多，嫌烦呢。而我们自己呢，哪怕是同学或是情人的生日，都不会错过他们的聚会，偏偏记不清父母的生日，就并不是什么奇怪的事情了。

懂得感恩的人，往往是有谦虚之德的人，是有敬畏之心的人。对待比自己弱小的人，知道要躬身弯腰，便是属于前者；感受上苍懂得要抬头仰视，便是属于后者。因此，哪怕是比自己再弱小的人给予自己的哪怕是一点一滴的帮助，这样的人也是不敢轻视，不能忘记的。跪拜在教堂里的那些人，仰望着从教堂彩色的玻璃窗中洒进的阳光，是怀着感恩之情的，纵使我并不相信上帝的存在，但我总是被那种神情所感动。

恨多于爱的人，一般容易缺乏感恩之情。心里被怨恨涨满的人，便容易像是被雨水淹没的田园，很难再吸收进新的水分，便很难再长出感恩的花朵或禾苗。

不懂得忏悔的人，一般也容易缺乏感恩之情。道理很简单，这样的人，往往惟我独尊，一切都是他对，他从来都没有错，对于别人给予他的帮助，特别是指出他的错误弥补他闪失的帮助，他怎么会在意呢？不仅不会在意，而且还可能会觉得这样的帮助是多余是当面让他下不来台呢。这样的人，心如冰硬板结的水泥地板，水是打不湿的，便也就难以再松软得能够钻出惊蛰的小虫来，鸣叫出哪怕再微弱的感恩之声来。

财富过大并钻进钱眼里出不来，和权力过重并沉溺权力欲出不来的人，一般更容易缺乏感恩之情。因为这样的人会觉得他们是施恩于别人的主儿，大腹便便，习惯于昂着头走路，已经很难再弯下腰、蹲下身来，更难于鞠躬或磕头感恩于人了。

虽说大恩不言谢，但是，感恩一定不要仅发于心而止于口，对你需要感谢的人，一定要把感恩之意说出来，把感恩之情表达出来。美国曾经有这样一则传说，一个村子里，一家人围坐在餐桌前吃饭，母亲端上来的却是一盆稻草。全家都很奇怪，不知道这究竟是怎么一回事，母亲说："我给你们做了一辈子的饭，你们从来没有说过一句感谢的话，称赞一下饭菜好吃，这和吃稻草有什么区别！"

连世上最不求回报的母亲都渴望听到哪怕一点感谢的回声，那么我们对待别人给予的帮助和恩情，就更需要把感恩的话说出来。那不仅是为了表示感谢，就更是一种内心的交流，在这样的交流中，我们会感到世界因这样的息息相通而变得格外美好。

我在报上看到这样一则消息：湖南两姊妹在小时候一次落水，被一个好心人救起，那人没有留下姓名就走了。两姊妹和她们的父母觉得，生命是人家救的，却连一声感谢的话都没有对人家说，发誓一定要找到这个恩人。他们整整找了20年，两姊妹的父亲去世了，她们和母亲接着千方百计地寻找，终于找到这个恩人，为的就是感恩。两姊妹跪拜在地上向恩人感恩的时候，她们两人和那位恩人以及过路的人们都禁不住落下了眼泪。这事让我很难忘怀，两姊妹漫长20年的行动告诉我，到什么时候都不要忘记对有恩于你的人表示感恩。而感恩的那一瞬间，世界变得是多么的温馨美好。

我永远也不会忘记几年前的一件事情。那天，我在崇文门地铁站等候地铁，一个也就四五岁的小男孩，从站台的另一边跑了过来。因为是冬天，羽绒服把小男孩撑得圆嘟嘟的，像个小皮球滚动了过来。他问我到雍和宫坐地铁哪边近，我告诉他就在他的那边。他高兴地又跑了回去，我看见那边他的妈妈在等他。等了半天，地铁也没有来，我走了，准备上去打个"的"。我已经快走到楼梯最上面的出口处了，听见小男孩在后面"叔叔，叔叔"的叫我。我不知道他要干什么，便站在那里等他，看着他一脑门子热汗珠儿地跑到我的面前，我问他有事吗，他气喘吁吁地说："我刚才忘了跟您说声谢谢了。妈妈问我说谢谢了吗。我说忘了，妈妈让我追你。"我永远不会忘记那个孩子和那位母亲，他们让我永远不要忘记学会感恩。对世界上不管什么人给予自己的哪怕是再微不足道的帮助和关怀，也不要忘记了感恩。

（摘自《读者》2004年第13期）

心灵的花园

梁晓声

谁不希望拥有一座小小花园？哪怕是一丈之地呢！若有，当代人定会以木栅围起。那木栅我想也定会以各人的条件和意愿，摆弄得尽可能美观。都市寸土寸金，拥有一个小小花园的希望，对寻常之辈不啻是一种奢望，一种梦想。

我想，其实谁都有一座小小花园，谁都是有苗圃之地的，这便是我们的内心世界。人的智力需要开发，人的内心世界也是需要开发的。人和动物的区别，恐怕还在于人有内心世界。心，不过是人的一个重要脏器，而内心世界则是一种特殊的景观，它是由外部世界不断作用于内心而渐渐形成的。

我常"侍弄"心灵的苗圃。职业的缘故，使我惯对自己和他人的心灵深入研究。结论是：心灵，与人的身体健康同样重要。

我爱我的儿子梁爽。他上小学五年级，这正是一个人的内心世界开始形成的年龄。我也常教他学会如何"侍弄"那小小心灵的苗圃。"侍弄"这个词，用在此处是很勉强的，不那么贴切，意思无非是，人的内心世界如果惰于拂拭，就会浮尘厚积、杂草丛生的。这联系到禅家的一桩"公案"："时时勤拂拭，莫使惹尘埃"之说的"俗"，和"本来无一物，何处惹尘埃"之说的"彻悟"。

我系俗人，仅能以俗人的观念和方式教子。故我对儿子首先的教诲是——人的内心世界，大概最容易招惹尘埃、沾染污垢。心灵的清洁卫生只能是相对的，好比居处的清洁卫生，只能是相对的。倘若根本不"拂拭"，甚至反感别人中肯的批评，则是大不可取，犹如病人讳疾忌医。

一次儿子放学，进屋就说："爸爸，今天同学的红领巾被老师收去了。"

我问为什么。

儿子回答："犯错误了呗！把老师气坏了。"

那同学是他好朋友。我依稀记得，似乎老师要在他们两者之间选拔一名班干部。

我将他召至跟前，推心置腹地问："跟爸爸说实话，你是不是因此而高兴？"

他便诚实地回答："有点儿。"

我说："你学过一个词，叫'幸灾乐祸'，你能正确解释这个词吗？红领巾被老师收去了，还算不得什么灾。但是，你心里已有了这种'幸灾乐祸'的根苗，那么，你哪一天听说他生病了，住院了，甚至生命有危险了，说不定你内心里也会暗暗地高兴。"

儿子的目光告诉我，他不相信自己会那样。我又说："如果你们老师并不打算在你们两个之间选拔一名班干部，你倒未必幸灾乐祸。如果你心里清楚，老师最终选拔的肯定是你，你也未必幸灾乐祸。你之所以如此，是因为他和你被选拔的可能性是相等的，甚至他被选拔的可能性更大些。于是，你才幸灾乐祸，这完全是由嫉妒产生的。你看，嫉妒心理多丑恶呀，它竟使人对朋友也心存不良。"

接着，我给他讲了两件事。有一对女孩儿，她们原本是好朋友，又都是从小学芭蕾的。一次，老师要从她们两人中间选一个主角。其中一个认为肯定是自己，应该是自己；可老师偏偏选了另一个。于是，她就在演出的头一天晚上，将她好朋友的舞裙，剪成了一片片。还有两个女孩儿，是一对小杂技演员。一个是"尖子"，也就是被托举起来的。另一个是"底座儿"，也就是将对方托举起来的。她们的演出几乎场场获得热烈的掌声。可不知为什么，那个"底座儿"内心怀上了嫉妒，总是莫名其妙地觉得，掌声是为"尖子"一个人鼓的。她觉得不公平。日复一日，那种暗暗的嫉妒，就变成了愤恨。终于有一天，她故意失手，制造了一场不幸，使"尖子"在演出时当场摔成重伤……

我对儿子讲，因嫉妒而伤害到别人，如果发生在成年人身上，那就可能是犯罪行为了……

儿子问："大人也嫉妒吗？"

我说大人尤其嫉妒，一旦嫉妒起来尤其厉害，甚至会因嫉妒杀人放火。也有因嫉妒太久，又没机会对被嫉妒的人下手而自杀的……

我说，凡那样的大人，皆因从小的时候开始，就让嫉妒这粒种子，在心里深深地扎了根。他们的内心世界，不是花园，不是苗圃，而是荆棘密布的乱石岗……

儿子问："爸爸，你也嫉妒过吗？"

我说我当然也嫉妒过，直到现在还时常嫉妒那些比自己幸运或某方面比自己强的人。我说人嫉妒人是没有办法的事。从伟大的人到普通的人，都有嫉妒之心，没产生过嫉妒心的人是根本没有的。

儿子问："那怎么办呢？"

我说：第一，要明白嫉妒是丑恶的，是邪恶的。嫉妒和羡慕还不一样。羡慕一般不产生危害性，而嫉妒是对他人和社会具有危害性和危险性的。第二，要明白不可能一切好事、好的机会都会理所当然地降临到你头上。当降临在别人头上时，你应该对自己说，我的机会和幸运可能在下一次。而且，有些事情并不重要。比如对一个小学生来说，当上当不上班干部，并不能说明什么。好好学习，才是首要的……

儿子虽然才11岁，但我经常同他谈心灵。不是什么谈心，而是谈心灵问题。谈嫉妒，谈仇恨，谈自卑，谈虚荣，谈善良，谈友情，谈正直，谈宽容……

邻居们都很喜欢我的儿子，认为他是个"懂事"的好孩子。同学们跟他也很友好，觉得和他在一起高兴、愉快。

我因此而高兴而愉快。

我知道，一个心灵的小花园，"侍弄"得开始美好起来了……

（摘自《读者》2007年第11期）

母爱无处不在

何 风

初三（6）班有两个同学，一个叫林颖，另一个叫林影。为了方便称呼，同学们根据他们的体形，把健壮的"林颖"称为"大颖"，把瘦小的林影称为"小影"。

这两位女同学的母亲都病逝了，因此，老师对她们尤其关心。

大颖性格开朗、活泼、自立，竞争意识很强，凡是有课外活动，她都积极参加。老师家访看到，大颖的房间不仅收拾得井井有条，而且她还会煮一手好菜，会照顾爸爸的生活。在大颖家里，除了墙上挂着一张普通的全家福，没有看到更多关于她母亲离去的痕迹，一点纪念性的气氛也没有。

小影忧郁内向，虚荣心强，即自卑又自尊。她向来不积极参与明争，却热衷暗斗。为了很小的事情，她就会和同学闹别扭，生闷气。老师在她家里，看见的是一个失去母亲的孩子的悲哀：凌乱的房间，肮脏的被褥，墙上挂满了母女合影，床头塞满了幼童时代的玩具。

这天，老师把收回来的语文作业看了一遍，这是主题为《我的母亲》的作文。当她把林颖和林影的作文对着看了一遍以后，心里忽然明白了许多事情。

家长会上，针对学生自觉性差、依赖感强、生活能力弱的普遍特点，老师朗读了两篇近期的学生作文。

老师先朗读林影的作文《梦中的母亲》：

"我的母亲，是世界上最爱我的人。但是她走了，留给我的是无尽的悲伤和无边的梦。

在我的梦里，母亲总是那样慈爱，她对我的关怀无微不至。

我记得很小的时候，我非常害怕老鼠。

那时候，我家住的地方经常有老鼠光顾，母亲便彻夜不眠，学着猫叫，放轻脚步，在屋子里巡逻。

儿童节前，母亲总是跑遍全市，给我挑选最美丽的公主裙，把我打扮得像洋娃娃一样。

母亲患病以后，我一点也不知道，因为她怕我伤心，所以瞒着我。

我只知道母亲的脸色越来越白，对我的爱也越来越多。

记得那是一个深秋的夜晚，母亲最后一次陪我去少年宫练琴，她拖着无力的脚步，越走越慢。

秋风吹在母亲瘦小的身上，她的声音也向落叶一样无奈，母亲抚摸着我的头说：'影影，要是妈妈不在了，你怎么办哪？'如今，我只能在梦里和妈妈说话了。

每当我遇到困难，我就想起无所不能的妈妈，假如妈妈在我身边，我就不会彷徨了。

我是多么不幸，我是个没有妈妈的孩子。"

家长们表情悲戚，不少家长眼睛湿润。

老师不动声色，接着读另一篇作文，林颖写的《妈妈的微笑》：

"妈妈离开我已经两年了，但是妈妈的笑容却一直陪伴在我身边。

记得我很小的时候，妈妈就得病在家休养。

到了幼儿园放学时间，妈妈总是笑眯眯地站在门口。

回家的路上，妈妈总是沿途告诉我许多生活常识，比如怎样过马路，怎样到市场买菜，怎样对付小偷，怎样节省钱，怎样和小贩讨价还价。

有时候，妈妈让我挑选食物和生活用品，让我去柜台付账，她则站在远处微笑着鼓励我。

我觉得很有趣。

妈妈病重以后，我放学回家总是沿路买好菜。

回家后，睡在床上的妈妈便指导我做饭，搞卫生。

我一边做家务事，妈妈边说笑话给我听。

妈妈的病越来越重，我和爸爸轮流给她喂饭，妈妈笑着说：'以前我喂你，现在你喂我，你是我的小妈妈。'我自从做了'小妈妈'后，觉得自己变成了大人，有主见多了。

我中考前夕，妈妈极度衰弱。

爸爸去喊救护车，妈妈则指导我收拾她的衣物。

我听到了救护车的声音，于是用力背起了妈妈，没想到妈妈变得那样轻。

我小心地从7楼往下走，妈妈在我的背上喘息着。

她的呼吸虽然困难，但还在我耳边鼓励我：'加油！加油！'妈妈被放到救护车上，回头对我做了一个胜利的手势，脸上绽开灿烂的笑容。

我考试顺利，妈妈再也没有回来。

妈妈的微笑，妈妈的鼓励，永远陪伴着我。"

老师抬起头，发现许多家长情绪激动，甚至流着眼泪。

老师有千言万语，却不知从何说起，转身在黑板上写下了5个字：真正的母爱。

（摘自《读者》2005年第11期）

儿子三岁

李肇星

为了让儿子记住自己是庄稼人的后代，爱自己的故土，为他取名叫禾禾。

禾禾3岁就喜欢问这为什么，那为什么。我们常常答不上来，就让他自己设法回答，他也真能自己回答。

一天，他久久注视一棵小树。"为什么小树不会走路呢？""噢，因为它只有一条腿。我有两条腿，太好了。"

"吃包子时，包子为什么流油呢？""对不起，是我把它咬痛了，它哭了。"

"为什么要下雨呢？""啊，天空被乌云弄得太脏，得洗一洗了。"

"为什么雨点往下掉，不往上掉呢？""因为往下掉有地面给接着，地面是它们的妈妈。"

"雨为什么又停了呢？""准是下累了。"

"为什么会打雷呢？""黑云脾气坏，爱吵架。"

"月亮为什么有时胖，有时瘦呢？""它有时听妈妈的话，好好吃饭；有时淘气，不好好吃饭。"

"大海为什么不停地喊呢？""有的浪跑得太远，大海叫它们回来。"

"人为什么要坐飞机呢？""因为人没有翅膀。"

"为什么地上的飞机大，天上的飞机小呢？""到天上，要像小鸟一样才飞得快。"

"风筝为什么飞不远？""有人扯住了它们的身子。"

"为什么许多字我不认识呢？""它们没告诉我它们的名字。"

"人为什么有两只耳朵呢？""奶奶说，可以一个耳朵进，一个耳朵出。光进不出就装不下了。"

"为什么小朋友坐电车不用买票呢？""他们可以坐在妈妈的腿上。"

"为什么会有黑夜呢？""晚上太阳要休息。"

"爸爸为什么爱看电视上的足球赛？""因为他自己不会踢。"

"大熊猫为什么走路都慢腾腾的？""跟它们的爸爸妈妈学的。"

"长颈鹿脖子怎么那么长？""因为它们老想吃树顶上的叶子。"

"汽车的四个轮子赛跑，谁是冠军？""往前跑，前面的轮子是冠军；倒车时，后面的轮子是冠军。"

童年是一座取之不尽的宝库。留一分童心，就是留一分真诚；开拓一分童心，就是拓展一分创意。

（摘自《读者》2007年第18期）

大地的耳朵

尤 今

　　小时候，讨厌冬菇，嫌它丑，黑黑的一朵，像巫婆身上诡谲的疤子，每每在饭桌上见到它，筷子总绕道而逃。弟弟受我影响，也把冬菇当敌人。

　　妈妈的拿手好菜是冬菇焖鸡，我一见便皱眉，觉得大好鸡肉被那可憎的冬菇白白糟蹋了，感觉上，就好似香喷喷的一锅白粥，无端地掉入了黑漆漆的老鼠屎。

　　聪明的妈妈，察觉了我和弟弟的异状，一回，刻意以筷子夹起一朵冬菇，微笑地问："你们看，这像什么？"

　　我闷声闷气地应："黑色的鬼。"

　　弟弟鹦鹉学舌，也说："像鬼，黑色的鬼。"

　　妈妈好脾气地应："冬菇不是鬼啦，它是大地的耳朵。"

　　嘿，大地的耳朵？这个新鲜的比喻霎时把我和弟弟的好奇心全撩起了，我俩齐齐竖起耳朵来听。

妈妈饶有兴味地说道："人间每天都有许多有趣的事情发生，大地好奇，便把长长的耳朵伸出地面来听。"经妈妈这么一形容，那朵圆圆的冬菇落在眼里，果然像一只铆足全劲来偷听的耳朵。妈妈继续说道："大地的耳朵，听觉敏锐，你们吃了它，同样可以拥有耳听千里的能力！"

耳听千里？哇，太棒了呀！我和弟弟的筷子，都不约而同地伸向了盘子里那一只只"大地的耳朵"……

万万没有料到，这一吃，便上瘾了。

品质上好的冬菇，硕大肥厚，一触及嘴唇，便有一种绵密温厚的感觉。在与鸡肉长时间焖煮的过程中，它吸尽了肉的精华，吃起来像是一块嫩滑的黑色油膏，但又绝对没有脂肪那种油腻感，这种绚烂的风采是独树一帜的。

盲目地相信冬菇有助听觉，吃着吃着，果然便养成了"耳听八面"的能力。然而，有时，不小心听到了一些飞短流长的谣言，听到了一些令人义愤填膺的负面消息，听到了一些叫人恶心的言谈，我便衷心希望，我不曾吃过那么、那么多的冬菇。

小小一道冬菇焖鸡，盛满了童年的快乐回忆，还有温馨的亲情。每回闻到那一股熟悉的味道，母亲慧黠的笑容，便清晰浮现。我们在无数无数半真半假的故事中成长，我们在一则一则善意的谎言里接受了许许多多原本为我们所抗拒的东西，那样的一个成长过程，幸福而美好。而全心全意地相信冬菇是"大地的耳朵"的那些年月，是人生的无尘岁月，澄净明洁。

一日，我刻意以筷子夹起了一朵冬菇，微笑地问：

"看，这像什么？"

孩子缺乏我天马行空的想象力，老老实实地应："像冬菇。"

我说："不是啦，它们是大地的耳朵……"

这时，三双墨黑的眸子专注地盯着我看，晶晶的亮光，为饭桌上那盘冬菇镀上了一层美丽的釉彩……

（摘自《读者》2005年第9期）

一个父亲的箴言

马 德

孩子，有些话，在你长大的过程中，我要和你说说。

昨天，你回来哭哭啼啼地告诉我，说一个同学又和你闹别扭了，你说事情本来不怨你的，是同学做得太过分。

爸爸笑了。

依爸爸的经验，一个人要赢得另一个人很容易，那就是要学着吃亏。孩子，这个世界上没有人喜欢爱占便宜的人，但所有人都喜欢爱吃亏的人。你想着吃亏的时候，就会赢得别人；那个懂得以更大的吃亏方式来回报你的人，是你赢得的朋友。

孩子，人生的每一次付出，就像你在空谷当中的喊话，你没有必要期望要谁听到，但那绵长悠远的回音，就是生活对你的最好回报。

你拿着一个高脚的玻璃杯，跳上跳下，你要注意，不要把杯子碰碎了。

一个杯子，碎了以后，就永远也不能再弥合了。更重要的是，如果你把握不好，还会拉伤你的手指，让一些伤痛永久留在心里。孩子，婚姻就像是这样一个精美的杯子。开始的时候，你不要被它外在的光怪陆离所迷惑，你要审慎地去遴选和把握。再后来，你对待它的态度就非常重要了，一个结实的杯子，是呵护出来的，你用爱去细细擦拭，它就会释放出永久的光泽。

有一次，让你出去买醋，本来给你一个硬币就够了，爸爸多给了你几个。

爸爸发现，你在出门的时候，把多余的硬币悄悄地放在写字台的角上。

那一刻，爸爸装作没看见，但你不知道，爸爸的内心是多么高兴。

孩子，人生的许多东西是多余的，比如钱，比如欲望，比如名声。更多的时候，得到你该要的该有的就够了，就像现在，拿走一个硬币，剩下的，在你心里淡淡地扔掉。

爸爸想说的是，因为你的舍弃，你豁然开阔的眼界里，将会发现人生中更多更美的风景。

爸爸在乡下教书的那一年，咱们家的日子过得很窘迫，爸爸没有钱给你买玩具，你找来许多塑料袋，在一个塑料袋里盛满水，用针扎破了，然后你看着细细的水流流向另一个袋子，然后，再换另一个袋子，你玩得很快乐。

或许，很小的时候，你就学会了在简单的生活中寻找快乐。不错的，孩子，生活中有些东西并不容易改变，但容易改变的，是人的心情。孩子，即便你一生中什么也没有抓住，但抓住了快乐，你依旧是天底下最富有的人。

爸爸为你讲一个故事。

你爷爷有一个朋友是做大买卖的人,有一年他把二十几个村庄的账收起来,用纸包好了放在了咱家里,他说他要到别的村子里去,就一拍屁股走了。结果,一连多少年,再没有了他的消息,

爸爸上学的时候,你爷爷的肺病已经很厉害了,家里一贫如洗。好几次,你奶奶提到那个账包的事情,你奶奶的意思是挪用一下,缓一缓家里的紧张情况。你爷爷一瞪眼,说,人家凭什么敢把这么大的钱放在咱这里,说明咱的人比他的钱值钱!

孩子,你爷爷临死的时候,还是一个穷人。但他是一个响当当的穷人。爸爸把这个故事讲给你听,是希望你能明白,一个穷人应该以怎样的风骨,在这个世界上站立。

(摘自《读者》2004年第6期)

一封信

闫庚函

我儿叫铁蛋儿，今年十岁。他什么道理都明白，可是他不大愿意听我的说教。写封信给他，等他长到十八岁时再看不迟。

爱自己

孩子，在这个世界上爱自己是第一重要的事，爱自己是你一生幸福的基石。爱自己就是在内心深处完全地接受自己，就是既接受自己的长处和拥有，也接受自己的短处和缺少。

完全接受自己的人，不刻意地张扬和炫耀自己的长处，也不有意地遮掩和庇护自己的短处；既不妒忌别人的拥有，也不为自己的缺少而悲怨。完全接受自己的人不会被一时的成绩冲昏头脑，因为自己还有不足之处；

也不会被暂时的挫折所压垮，因为自己还有很多长处。

每个人都非常需要被他人接受和重视。一个完全接受自己的人，也容易接受和重视他人。人不接受他人，主要是因为他人有这样或那样的短处。人能接受自己有这样或那样的短处，人也就容得下他人的各种不足之处。当你接受和重视别人时，你也就被别人接受和重视。

当你完全接受自己时，你也就能够接受世界是不够完美的，人间不总是温暖的，人生的路不总是平坦的。

人的一生是一个不断接受自己与不断完善自己的过程。只有完全地接受了自己，你才能够不断地完善和提高自己。完全接受自己的人心中踏实，有信心，知道自己有价值，懂得珍重自己、爱惜自己和保护自己。也能做到体谅别人、关心别人和宽恕别人。

完全接受自己，你就好像给自己编织了一件万能的衣裳。穿上它，在你人生的历程中，不论遇到什么样的狂风暴雨、酷暑严寒，它都能为你挡风遮雨、避暑御寒。

写首诗送你：

> 我喜欢我，
> 一个不完美的我。
> 由于不完美，
> 那才是我。
> 完美的我不是我，
> 那只是一个雕塑。

负责任

孩子，要做一个负责任的人。不论发生了什么事，只要与你有关，你就要勇敢地承担你那部分责任，不要找借口去推卸。只有担起你应该承担的那部分责任，你就不会去怨天怨地，你就会正确对待一切发生的事。承担了你的责任，你就掌握了主动权，你就能够更好地解决你所遇到的困难和问题。承担了你那部分责任，你就能从坎坷中吸取教训、积累经验。将来，你就能够担得起生命中更大的责任。一个勇于承担责任的人也就是一个守信誉的人、一个诚实的人、一个自尊的人和一个公正的人。

好身体

孩子，身体是人生的本钱。有个好身体你才能更好地经历人生和享受人生。要有个好身体不是一朝一夕的事，是个不断努力的结果。你的健康大体上受三个因素的影响（这里我不讲基因的作用）：饮食的营养、身体的锻炼和心理的健康。在饮食上，不要偏食，多吃些水果和蔬菜。在锻炼身体方面，你最好做个长久的计划，坚持长年的身体锻炼。保持心理健康也是个不断学习和努力的结果。心理的不健康会直接影响身体的健康。有很多身体上的疾病都直接来源于不健康的心理状态。不要让那些负面的、消极的和低级的信息进入你的大脑，那些不好的东西会污染你的心灵，降低你的心理健康水平。悲观和消极的信息会使人的情绪变坏。坏情绪会使人的免疫力下降，人就容易生病。如果人头脑中肮脏的信息进多了，人也容易染上不良习惯和嗜好。不良习惯和嗜好会极大地损害人的身体健康。一旦不小心，进来了一些不好的信息，你要及时地把它们清除掉，这样你就会长期保持一个健康的心灵和身体。

争第一

孩子，做事要争第一，尤其是你喜欢做的事。但是，你要知道，争一个第一容易，争所有的第一难。告诉自己，你不会什么事都能争到第一的。只要尽力了，就是争不到第一，也无所谓，因为你心里知道你已经是第一了。形式上的第一是虚假的、暂时的，你心里的第一才是真实的、永驻的。

找工作

孩子，我认为在选择工作时，首先要考虑的是兴趣而不是金钱。找一个你愿意干的工作，你才能干好它。只是为了钱而工作，你就会常常敷衍你的工作。这样的话，你就干不好你的工作，你也就不会在工作中做出令你满意的成绩，你在工作中也就得不到什么乐趣。如果找到一个你喜欢的工作，你就会调动你的才智去把它干好，你就会在工作中做出成绩，你也就会获得一份成功的喜悦和满足。如果你选中了一个不是很满意的工作，在你还没有找到一个你很喜欢的工作之前，你也一定能从你的工作中找出你喜欢的方面。注意工作上你喜欢的方面，忽略工作上你不喜欢的方面，渐渐地你也就会比较喜欢你的工作了。

女朋友

孩子，在找女朋友的事情上，我不想有任何条条框框，我只想提出一些我的看法，供你参考。

人与人之间差异很大，每个人都有自己的价值观。说白了，就是人内心深处最看重的东西或者是最想得到的东西。有的人就想得到钱，只要能有钱，不管用什么手段都行；有的人就想出名，只要能出名，干什么都行。人的性格也各不相同。有人好静，有人好动。由于每个人都生长在不同的家庭中，每个人都受各自家庭背景的影响，所以，每个人的思维方式和行为习惯也不一样。在温馨家庭中养出的姑娘爱多善也多；在暴力家庭中育出的闺女仇大恨也深。男人与女人除了生理上的不同，男人与女人在情感调控和理性思维方面也不一样。一般来说，男人比较趋向理性，女人比较趋向感性。

人与人之间的这些不同是矛盾的发源地。不同越多，矛盾越多；不同越大，矛盾越大。矛盾是造成爱情不美满的主要因素。为了有一个和谐美满的爱情，男女之间的不同越少、越小就越好。找一个性格相投、人生价值观相同、文化程度相近、家庭背景相似的女朋友，你的爱情路上就会少坎坷，多幸福。

请原谅

孩子，我跟你妈妈尽我们最大的智力、体力和精力去呵护和培养你。我们不但希望你有一个美好快乐的童年，还希望你有愉快幸福的一生。我们是平常人，我们的能力和智慧是有限的。在我们关照和教育你的过程中，肯定犯了不少的错误。我们有脾气，有时还很固执、很死板。我们肯定有很多照顾不到你的地方。我们有时也会在坚持我们认为是正确的同时，在感情上伤到了你，我们请你原谅。只要你觉得在感情上我们有伤到你的地方，那一定是我们做错的地方，我们向你道歉。

感谢你

孩子，我们万分地感谢你降生到我们家。我们一生中最大的幸运和幸福就是有了你。你完整了我们人生的另一半，你使我们明白我们来世上这一趟太值了。你给我们的远远超过我们所能给你的很多很多倍，我们每天从心底里感谢你！

（摘自《读者》2005年第2期）

我怎样做青年的思想工作

王小波

　　我有个外甥，天资聪明，虽然不甚用功，也考进了清华大学——对这件事，我是从他母系的血缘上来解释的，作为他的舅舅之一，我就极聪明。

　　这孩子爱好摇滚音乐，白天上课，晚上弹吉他唱歌，还聚了几个同好，自称是在"排演"，但使邻居感到悲愤，主要是因为他的吉他上有一种名为"噪声发生器"的设备，可以弹出砸碎铁锅的声音。

　　要说清华的功课，可不是闹着玩的，每逢考期临近，他就要熬夜突击准备考试，这样一来就找不着时间睡觉。几个学期下来，眼见得他变得尖嘴猴腮，两眼乌青，瘦得可以飘起来。他还想毕业后以摇滚音乐为生。不要说他父母觉得灾祸临门，连我都觉得玩摇滚很难成为一种可行的生活方式——除非他学会喝风屙烟的本领。

　　作为摇滚青年，我外甥也许能找到一个周末在酒吧里弹唱的机会，但也挣不着什么钱；假如吵着了酒吧的邻居，或者遇到了要"整顿"什么，还有可能被请去蹲派出所——这种事我听说过。此类青年常在派出所的墙根下蹲成一排，状如在公厕里如厕和警察同志做轻松之调侃。当然，最后还要家长把他们领出来。这孩子的父母，也就是我的姐姐、姐夫，对这种前景深感忧虑，他们是体面人，丢不起这个脸。所以长辈们常要说他几句，但他不肯听。最不幸的是，我竟是他的楷模之一。我可没蹲过派出所，只不过是个自由撰稿人，但不知为什么，他觉得我的职业和摇滚青年有近似之处，竟口口声声说："舅舅可以理解我！"因为这个缘故，不管我愿意不愿意，我都要负起责任，劝我外甥别做摇滚乐手，按他所学的专业去做电气工程师。

虽然在家族之内，这事也属思想工作之类。按说该从理想、道德谈起，但因为在甥舅之间，就可以免掉，径直进入主题："小子，你爸你妈养你不容易。好好把书念完，找个正经工作吧，别让他们操心啦。"他的回答当然是：他想这样做，但办不到，因为他热爱音乐。我说：有爱好，这很好。你先挣些钱来把自己养住，再去追求爱好不迟。摇滚音乐我也不懂，就听过一个《一无所有》。歌是蛮好听的，但就这题目而论，好像不是一种快乐的生活。我外甥马上接上来道："舅舅，何必要快乐呢？痛苦是灵感的源泉呐。前人不是说：'没有痛苦，叫什么诗人？'——我记得这是莱蒙托夫的诗句。"连这话他都知道，事情看来很有点不妙了……痛苦是艺术的源泉，这似乎无法辩驳：在舞台上，人们唱的是《黄土高坡》《一无所有》，在银幕上，看到的是《老井》《菊豆》《秋菊打官司》。不但中国，外国也是如此，就说音乐吧，柴可夫斯基《如歌的行板》是千古绝唱，据说素材来自俄罗斯民歌《小伊万》，那也是人民痛苦的心声；美国女歌星玛丽亚·凯莉，以黑人灵歌的风格演唱，这可是当年黑奴们唱的歌……

照此看来，我外甥决心选择一种痛苦的生活方式，以此净化灵魂，达到艺术的高峰，该是正确的了。

但我偏说他不正确，因为他是我外甥，我对我姐姐总要有个交待。因此我说："不错，痛苦是艺术的源泉；但也不必是你的痛苦……柴可夫斯基自己可不是小伊万；玛丽亚·凯莉也没在南方的种植园里收过棉花；唱《黄土高坡》的都打扮得珠光宝气；演秋菊的卸了妆一点都不悲惨，她有的是钱……这种种事实说明了一个真理：别人的痛苦才是你艺术的源泉，而你去受苦，只会成为别人的艺术源泉。"因为我外甥是个聪明孩子，他马上就想通了，虽然开掘出艺术的源泉，却不是自己的，这不合算——虽然我自己并不真这么想，但我把外甥说服了。他同意好好念书，毕业以后不搞摇滚，进公司去挣大钱。

取得了这个成功之后，这几天我正在飘飘然，觉得有了一技之长。谁家有不听话的孩子都可以交给我说服，我也准备收点费，开辟个第二职业——职业思想工作者。但本文的目的却不是吹嘘我有这种本领，给自己做广告，而是要说明，思想工作有各种各样的做法。本文所展示的就是其中一种：把正面说服和黑色幽默结合起来，马上就能开辟出一片新天地……

（摘自《读者》2015年第13期）

忍住，这样面对孩子

徐小平

小儿子喜欢烹饪、街舞，一度说不要上大学了。大儿子遇到不喜欢的人和事就要顶撞。忍住，我放弃家长式强权的欲望，平等地跟他们交流。因为我面对的是有独立人格、独立思想的孩子，必须尊重他们。我对他们最大的期待，是他们快乐幸福。

尊重孩子的兴趣

我的两个儿子个性不同，都在加拿大出生，在美国念大学，但在十五六岁之前的梦想居然都是当摇滚巨星。他们天天在家里弹吉他，唱歌。我陪着他们弹吉他，鼓励他们。我欣赏着，也觉察到，他们并没有显示出巨星的特征。但这没有关系，鼓励孩子自由发展，鼓励他们追求自己的兴趣，不知不觉间，兴趣可能会变，人生的方向也就会一点点找到。

果然，孩子们摇滚歌星的梦很快做完了，但对音乐的探索，已经成为他们知识结构的一部分，让他们受益。随后，小儿子迷上了烹饪。十二三岁时，他报了一个烹饪班。我听到这个消息后非常震惊，还略微不悦。不过，我忍住了，很快说服了自己，不应以自己的好恶来决定孩子的人生，转而支持他。现在，他们几个男孩子出去玩，自己带着烤箱。可以想见，他会多受女孩子欢迎。

小儿子的兴趣不断刺激着我的神经。当他第一次告诉我要学街舞时，老实说，我不开心。心想，这简直是丢人。我宁愿我的孩子是跳芭蕾的王子，也不喜欢他们是街头的霸王。

这和我的审美取向有关。起源于街头的舞蹈，多多少少和反叛少年有联系。事实上，我又克服了自己的反感情绪，让他上街舞课，请韩国老师来教。我知道，跳街舞的人群中少有博士，少有工商管理硕士，但我的孩子喜欢，这也是正当的爱好，我就尊重并支持他。

年前，小儿子突然跟我说，打算以后去参加街舞队四处巡演，就不考大学了。我听到后简直如五雷轰顶，快站不稳了，但我仍强忍着愤怒对他说，好呀。

今年，我刻意带着他参观了美国的一些大学。他感受到大学的氛围和诱惑力，对我说，他要上大学。我很欣慰，目的达到了。现在他一边在美国读大学，一边继续跳他的街舞。如果当初跟他严词厉色，说不准会激发他的逆反心理。作为家长最忌讳用家长式的强权命令孩子，春风化雨的手段则有效得多。

通过观察孩子的爱好，我几乎能看到小儿子未来生活的内容了。他一定是在他所热爱的领域里工作。我曾想过，如果他要做一个有特色的厨师会怎么样？没什么不好，肯德基、麦当劳、星巴克，不都很好吗？搞不好他还能创造一个新的流行品牌呢。

我鼓励孩子们发展自己的兴趣，多出去认识世界，多交朋友。喜欢交朋友，受人欢迎，这样的个性今后会帮到他。在团队中，老板、客户、同事就会喜欢他，愿意成全他，给他机会。这对于人生和事业都是很有帮助的。

不急于给他们答案

孩子是独立的个体，即使只有十二三岁，也应该把他当做一个有独立人格的人来平等对待，要跟他们平等沟通，尊重他们的选择权。你可以影响他，但不可以代替他思考，更不可以代替他做决定。

对大儿子，我也是这样做。他18岁时，有次和同学为一个问题争执起来，言辞激烈。我就跟他说，对谁都要谦卑、宽容点才好。他不置可否。父母希望孩子掌握自己人生智慧的心情很迫切，不希望孩子走弯路，但千万不要忘了，孩子有个成长过程，你不要指望他在18岁时就理解、掌握他爸全部的人生智慧。

两年过去后，我找他回顾当年的谈话。他对我说，还是你对，对人就是要和善、谦卑、尊重。我心里很高兴。

孩子常来跟我聊他们的困惑，大到人生的意义，小到学习古希腊哲学史到底有什么价值。

我要知道答案，尽量给他们解答，遇到我不确定的东西，就照实说我也不确定。一般而言，对儿子遇到的问题，我胸有成竹，但不急于给他们答案。我只想给他们打开探索的通道，教他们方法。

大儿子有次面临选择的烦恼，要参加学校的社团活动，又被朋友召集出去玩。他问我该怎么办，其实我心里早就写好答案了，应该去社团，因为他先答应参加社团活动，但是有时对孩子来说，哥们儿意味着一切，确实很难选。我就问他，你对哪个承诺在先？对哪个有责任？他想了想，去社团了。

他最近跟我说，有个女孩似乎喜欢他，但邀请她一起参加 party 却被拒绝了，很郁闷。我调动我有限的恋爱经验，跟他分析，是不是这个女孩子心情不好，刚刚跟妈妈吵架了？是不是没拿到奖学金？没找到答案，但是教会他从另外一些角度来看问题，他就释然了。

父母不可能陪伴孩子一辈子，教给他方法比只告诉他答案有用得多。

童年不是为成年做准备的

中国大的教育环境比较混乱。国家是培养良好的公民，还是共产主义接班人？是培养成功的人，还是幸福的人？这让家长在教育孩子的时候产生了很多困惑。"五道杠"黄艺博同学最经典地反映了中国教育的混乱。

中国虎妈甚至在美国引发了争议，这样的教育确实存在。我不喜欢这样的教育方式，也很难批评他们，但首先，我认为孩子的童年应该充满欢乐。哈佛大学前任校长曾说，童年不是为成年做准备的。如果把18岁之前的人生都叫做童年，过得不快乐，而是像服刑一样熬过来，人生的1/4就白活了。这样长大的孩子，到青年时期能幸福吗？虎妈把孩子的童年当做通往成功的工具，很有点像中国的农耕时期，父母把孩子当养老的工具。这是一种客观存在，但并不一定代表未来。

我的两个儿子一样面对着社会竞争的压力。要拿什么荣誉，上什么学校，这都是很实际的问题。我曾有名校情结，老在他们面前念叨名校如何如何。有天小儿子问我，如果上了你说的名校，但是不开心，那上名校还有意义吗？

他的话击中了我，的确，如果成功了不快乐又有什么意义？

我身边有熟悉的企业家朋友，事业上很成功，可他是为了逃离某种东西而奋斗，内心一直很痛苦。我不想让他们这样。

反过来说，让孩子自由自在，开心成长，这样的孩子一定有出息。我对孩子们最大的期望是拥有幸福快乐的人生，而不是"成功"这两个字，这点，我坚信不疑。

家庭没大规矩

现在，孩子们按照自己的意愿长大，在美国念大学了。我教育孩子谈不上很成功，但很满意他们的状态，快乐、自信已经成为他们的基调。

我在家里没定什么大的规矩，也就是要叫爷爷奶奶，要尊重长辈，对家庭聚会要认可，这些零零碎碎的东西。我对孩子更多的期待，是让他觉得这样做好，而不是立类似三从四德的死规矩。

一个受过良好教育的孩子，是懂得底线和规则的，不作恶、不撒谎、不闯红灯等等，这些是重要的社会教育内容。相比之下，我对他们社会教育的要求更高。一般来说，家庭教育管得太严的，孩子大都没什么出息。

我在国内，有时给他们打电话打不通，就会很愤怒。但我一想到，许多家庭每天几个电话找孩子，孩子也不一定有出息，内心就平静了。当然，如果孩子一个月都不给我打电话，我就恼了，但也没办法，我只能尽量忍住，不表现出来。我希望孩子在自由、开心的环境中成长。归根结底，孩子是一个有独立人格、独立思想的人，你必须尊重他。

（摘自《读者》2013年第12期）

多给孩子一点时间

李小敏

3年前一个下雨的夜晚，我和老公沿着环河快速道路开车回家。两个人不知道为什么吵起来，声音越吵越大，一转头发现半天不吭声的女儿，沿着车窗玻璃上的雾气画了一张图：两个大人冷冷地对立，中间躺着一个小孩。"地上的小孩怎么了？"我问她。"死了！"她说。"这小孩是谁？"她背对着我说："是小中中。""你怎么会死了呢？"她沉默了半晌说："因为爸爸妈妈吵架、分手。"

那年，女儿小学二年级。

事后，我再问女儿："你害怕爸爸妈妈分手吗？"她点点头。原来在她的班上，她看见所谓的"单亲儿童"总是落落寡欢，她害怕像他们一样。许多以父母为天的稚龄儿童，遇到大人婚变，都觉得自己好像被抛置旷野，会一点一点死亡。

这件事给我的冲击很大。也使我对婚姻责任重新省思。

我很感激女儿在无意间用一幅画泄露她的心声，也让我及早警觉孩子在成长中最需要的就是：安定、安心、安全的环境与父母完整的爱。

如果你结了婚、有了孩子，孩子的安全安定安心，应该放在生活中的第一位。

如果万不得已，成了单亲家庭，我的建议是：要给孩子充分的安全感。

在压力与竞争这么大的社会中，许多单亲家长几乎把主要的时间都用在谋衣食上，而把孩子托给老人、家佣、托儿所，甚至电子游戏机和电视机。

当你与孩子在一起的时间越少，他脸上的笑容与自信就越少。

因此，亲爱的单亲爸爸与妈妈，如果你所有的努力都是为了孩子，那么，是不是宁可少赚一些钱，多给孩子一点时间？

我知道单亲最苦的部分就是纠结的心与敏感的情绪。当我的孩子很小的时候，保姆提醒我，如果孩子摔跤受伤，惊吓他的往往不是伤口，而是大人的反应。

许多单亲家庭的孩子浮沉在大人阴晴不定的苦涩情绪里，不知所措，甚至觉得自己是罪魁祸首。

爱是什么呢？爱是让你爱的人喜欢自己、看重自己、肯定自己。

一个单亲家庭已经少了一个男主人或女主人，如果你允许，我相信并不会同时少掉关心、温暖、肯定与亲人的陪伴。

让我们在遗憾中把遗憾降到最低点。

如果你用健康的态度来引导你的孩子，我相信，他将来会以建立一个健康完整的家庭来回报你。

（摘自《读者》2000年第1期）

最好的教育总是不露痕迹

Amy

在聊"教育"之前，先聊聊一个大家也许都看过的动画《驯龙高手》。

动画里所谓的"驯龙高手"小咯咯，虽是驯龙勇士部落统领的儿子，但却身材矮小，常常被"勇士们"嘲笑。

他是怎么成为"驯龙高手"的呢？他只不过是偶然邂逅了就连自己伟大的父亲都无法驯服的"夜之怒龙"，并发现它竟然是一只胆小、敏感、受伤的龙宝宝。出于孩子善良、胆大的天性，小咯咯放下了一切驯龙戒律，帮它疗伤、陪它玩耍，温柔以待。奇迹出现了，无人可以驯服的猛兽，竟成了小咯咯的专属座驾"无牙"，忠诚和驯良无龙能比。

有没有觉得你家那个张牙舞爪、看似不受控制的小小孩，就像这只小龙？

只不过，绝大部分家长，还是像动画里的部落首领一般，正在用严格的"驯龙规则"去管教自己的孩子——

孩子想趴草地抠一抠泥巴，家长厉声制止：不行！衣服都弄脏了，万一吃进嘴怎么得了！

孩子没有主动向客人打招呼，家长严肃批评：你这孩子，太不懂礼貌了，快叫阿姨！

孩子想赤脚在地板上走一走，家长强行抱起孩子：穿上袜子！这样一会感冒！

我们有着成人世界的严格戒律——这是对的，那是错的；这件事应该这样，不该那样。

可我们忘了，孩子眼中的世界和我们眼中的是不一样的。泥巴不过是特殊的玩具，父母的好友对孩子来说是陌生的大人，赤脚踩在瓷砖上冰冰凉好有趣……

我们企图用成人世界的戒律，尽早规范孩子的行为，却忘了最有效的"驯龙方法"是"润物细无声"，一旦"小龙"真正信赖、喜欢我们，他们自然会放弃对抗，因为人的本性，就是希望自己能让喜欢的人开心。

那么，我们如何能做到不露痕迹地教育？其实很简单——

第一，不发号施令。

对家长来说，最简单的"驯龙方法"，莫过于发号施令了。"这个不可以碰""那个必须吃完"……没有人天性喜欢约束，人的天性应是爱自由的，孩子初为人，这个特征更加明显，所以很多父母会发现，简单粗暴的命令，其实很难达到效果，往往是父母口中说着"不行不行"，孩子则一边说着"不要不要"，一边我行我素。

家长们头大了，不能发号施令，那可怎么管教孩子呀？

很简单，先满足孩子的愿望，再顺势而为。举例说，孩子想要赤脚踩地板，就让他踩啊，然后再和他商量，爸妈都穿着袜子鞋子呢，你不想穿上吗？孩子不愿意叫人，那就不叫啊，家长帮孩子说一句"阿姨你好"，久而久之，孩子自会学到礼仪。

没有命令，就没有对抗，但绝不是让家长不作为，只不过要"无痕"作为。

第二，给孩子选择。

每个家长都遇到过孩子毫无理由就不要穿衣服、不要吃饭、不要洗手……

孩子真真如同小龙一般，既飞扬跋扈，又无法用语言表达理由，真是急死爸妈啦。

不如在孩子不肯穿衣服时，问问孩子"穿这件还是那件，现在穿还是等下穿"；在孩子不要吃饭时，对他说"那爸妈先吃了，你可以一起吃，也可以玩会再吃"……

给孩子选择，孩子感受到了尊重，觉得自己竟可以"当家做主"，情绪上首先就放下了抵抗。到最后，父母也基本能达到目的，可过程"不动声色"，也不见刀锋，岂不是很妙？

第三，允许孩子犯错。

如果孩子只是不小心打碎了一只碗，大部分家长当然都会原谅。你想过没有，假如他弄坏了手机、电视机这种贵重物品呢？大部分家长可能就要大发雷霆了。

只要孩子是无心的，我认为都可以原谅。你只需把孩子的无心之失想象成自己的无心之失即可，你会打骂自己一顿吗？你只管正常表达你的心疼和惋惜，孩子不会看不出。你对孩子的包容和谅解，能抚平孩子的忐忑和内疚。孩子感受到父母的爱，今后定会更小心，又不至于从今往后在家里束手束脚。

　　有一天，当我们面对孩子不再站在道德的制高点、不再居高临下，而是学会了共情和尊重、学会了因势诱导，你会发现，无痕的教育，看似无为，实则大大有为。四两，真的能拨千斤。

（摘自《女友》2018年第3期）

我希望和不希望遗传给你的性格

宋石男

性格是否会遗传？学界似无定论。但是孩子的性格会受父母的性格影响，这个没有争议。我猜，我的儿子宋小皮，将来你的性格受我影响的程度会相当高。但我的性格中，有一些是非常不好的，我希望你不要被它们影响，我也从你出生开始就一直试图改掉它们，但未能全部做到；另一些是美好的，我希望把它们种在你的身体里，和你一起慢慢长大。

我的傲慢你不要遗传。傲慢是太把自己当回事，不能接受任何一点不认可甚至哪怕只是善意的批评与建议。傲慢是将心脏变成一颗子弹那么小，然后扣动扳机，射穿自己再射伤别人。

但我的骄傲你可以保留，如果你愿意。骄傲不是傲慢，虽然两者经常被混淆。骄傲是因为自己独一无二，也唯有骄傲可以让你始终保持这独一无二。骄傲是知道羞耻，知道敬畏，知道不让任何东西玷污你的清白、你的高贵。

我的无毅力你不要遗传。没有毅力的人，像永远无法得手的虚有其名的花花公子、在一千个十字路口追逐迷羊的农夫、用一根又一根木柴去打铁的笨蛋工匠。没有毅力的人，将天分浪费在一次次投石问路中，激起一些涟漪，却不能够制造天风海雨。

但我的自由自在你可以保留，如果你有这个机会的话。出生在"2010年后"的你，比你老爸那时候更难得到自由自在的童年了，不过我和你妈会尽力给你创造最自由自在的环境。一个人没有自由自在的童年，也就很难有自由自在的成年。我出生在20世纪70年代，长在80年代的川南小镇。我可以漫山遍野地跑，不读幼儿园；上学后，在放学路上，我们踏着河边的青石板路，自一排排黑瓦木房中吃将过去，一盘满满当当的蒸肥肠超不过5毛钱，一碗豆腐脑2毛钱，再喝几瓶汽水，加起来也就块把钱。

夕阳打着追光在身后赶我们回家，我们不听它的，只管吃，只管乱走，有时停下来看茫溪河上的乌篷船，瘦瘦的渔夫、破烂的网，还有将军般傲立船头的鱼鹰……

宋小皮，我多么希望你也能有这样的童年，不要什么苹果手机，不要什么网络游戏，你只跟自然发生关系，你只跟小伙伴一起与自然发生关系。你像自然一样自然成长，你比自然还美，你比自然还健康，你比自然还善良，你比自然还有力量。

不要学你爸的莽撞与粗鲁，不要学他的刚愎自用、自以为是，但要学他的知错就改、同情心和热心肠。没有同情心的人失去的是自己人性中最后的亮光，麻木不仁对应的是停尸房。热心肠有时会让你受伤，尤其是现在扶老太太都要先做公证，但就算你知道可能被诬告，看见老太太摔倒，你还是要扶。

不要学你爸的自私，他对他的父母不怎么样，尤其是对他的母亲。当他想做好一点的时候，已经没机会了。小皮，不要让这样的遗憾打倒你，这比捅你心脏十刀还难受。你长大了，要多给你妈打电话，多看她。她是一个伟大的母亲，她一手把你带大，她为你从一个小巧玲珑的才女变成大胖子，她为你没有闲暇，放弃事业，但你的一个微笑就让她觉得这一切无比值得。

小皮，我甚至有些自私地希望你永远这么小，现在的你多么容易满足啊，世界对你来说多么美好。长大了要目睹多少龌龊、多少愚昧、多少残忍，要经历多少煎熬、多少艰难、多少天人交战。但是你必须长大，这是自然规律，一棵大树不能贪恋苗的娇嫩而不长大，一只狮子也不能贪恋小狮子的俏皮而不去做万兽之王。

现在我必须对你说，你一定会拥有四样最可宝贵的东西，在你的一生里，它们永远都不会离开，就像咸不会离开盐，甜不会离开蜜，酸不会离开梅，水不会离开眼睛。我的儿子，我愿你像宇航员一样健康，像尺子一样正直，像母亲一样宽容，像大自然一样聪明。现在，人们称你为我的儿子；将来，他们定会称我为你的父亲。

（摘自《读者》2012年第15期）

古代妈妈的一封信

杨 暖

古人写信很有意思。

这是古代妈妈写的一封信，母亲写给儿子的。其实也算不得信，寥寥几十字，只是一封简短的手函。简短，字微，充分发挥了中国汉字的蕴藉和古典，有妙趣。

> 阅儿信，谓一身备有三穷：用世颇殷，乃穷于遇；待人颇恕，乃穷于交；反身颇严，乃穷于行。昔司马子长云：然虞卿非穷愁，亦不能著书以自见于后世云。

> 是穷亦未尝无益于人，吾儿当以是自励也！

写信的母亲叫郑淑云，是明代女作家。我没有读过她的作品，单从这一短简笺，倒也叫我生出三分钦佩。

信里，郑妈妈是这样讲的：

人的这一生时常会遭遇三种困顿，千古有之，孩子，你要做好心理准备。

第一种困顿，拥有卓越的才华，却遇不到好的平台和机遇。

第二种困顿，以一颗诚挚宽厚的心待人，却没有交上值得交的好朋友。

第三种困顿，对自己严格要求，时常反省，却无法按照自己的意愿来活着。

最后，这位妈妈抚慰儿子，即使人生的际遇如此，也未尝没有好处。孩子要多读书以自励，不要放纵自己呀！

这样的妈妈，真强大。她的爱，不狭隘，不灰暗，是一个经过风雨历练的女人在看过人生百态后，饱含仁慈宽厚的生命之爱。她爱孩子，爱生命，更能用她的爱，给孩子一个有力的人生。

（摘自《读者》2012年第9期）

父亲的三句箴言

郑传醒

父亲是位农民。他幼年失怙，家中贫穷，没有上过学，因而目不识丁。幸亏"生活是本无字书"，他从生活中汲取了诸多人生经验和生活智慧，令我至今记忆犹新。

30多年前的一个冬夜，父亲有事出门，母亲睡在牛棚里看牛。半夜，窃贼把牛棚的后墙掏开一个大洞，偷走了牛。那时，牛是农家的"半边天"，耕地、打场都指望着它。这下"半边天"塌了，母亲自责得吃不下饭。父亲回来，不但没怪她一句，反而微微一笑安慰她说："不要气。大风刮走鸭蛋壳，财帛去了人安乐。"后来，父亲借钱又买了一头小牛。

曾经，我家和二叔家共住一座老宅子。后来分家时，家当应一家一半，但二叔蛮不讲理地霸占了大半。父亲不和他争，母亲责怪他窝囊，他却淡淡一笑："不要争。争名夺利是枉然，临死两手攥空拳。"过了几年，二叔因为和他儿媳妇争一点儿菜地，气得突发脑溢血，匆匆离世。

那年，父亲从集市上买回一棵核桃树栽在院子里，栽好之后，他摸着我的脑袋说："桃三杏四梨五年，枣树栽上就卖钱。等着这棵核桃树给你结核桃吃吧。"可是，我在树下眼巴巴地盼望了好几年，却仍然一个核桃也没结。听人说，核桃树有公母之分，母的结果，公的不结果。年年失望惹得我一肚子怒火，我拿着一把锯子对父亲说："这棵核桃树是公的吧？还不如锯掉算了！"父亲拿过我手中的锯子，呵呵一笑："不要急。天地从容，万物从容。"

我只好耐着性子又等了一年，它终于结出了许多青青圆圆的核桃。秋天，核桃成熟了，敲破果壳，吃着清香的核桃仁，我想，父亲的话是对的。天地从容，万物从容，人也要从容。

如今，每当闲暇时，我爱细细品味父亲的这三句箴言："不要气"，教我做一个豁达乐观的人；"不要争"，教我做一个宽容厚道的人；"不要急"，教我做一个镇定从容的人。这三句箴言虽然简短，却意义深远，每一次品味，都能促我反躬自省，让我受益匪浅。

（摘自《读者》2013年第21期）

生命没有标准答案

王学富

昨天，读初中的儿子放学后向同学借了一辆自行车，从位于市中心的学校骑车回到市郊的家。他骑行25公里，穿越半个南京城，又经过一段郊区路，最终回到家里。因为是一辆旧自行车，途中链条时而脱落，他几度下来重装。回到家时，他的妈妈看到他一手的油。

他骑车回家的表面理由是：放学时发现口袋里没钱搭车了。但这个行为的真正动机却是出于一种少年激情，一种冒险的冲动。

儿子的这个行为得到了妈妈极大的赞赏。他的妈妈，一直都觉得儿子非同一般，对儿子说："儿子真有勇气，凭你这样的勇气，有什么事不能做好！"

我赞赏儿子，更赞赏他的妈妈。

由此，我想起儿子读幼儿园时发生的一件事。这天上课，老师讲了一个故事，教育孩子们学习礼貌。

故事说：冬天到来之前，小松鼠在树洞里贮存了许多的食物。冬天来了，小松鼠邀请小白兔到家里来做客，拿出小白菜和胡萝卜招待小白兔。

故事讲到这里，老师问："小朋友们，小白兔要对小松鼠说什么？"

孩子们一致回答："谢谢。"

只有一个孩子不是说"谢谢"，而是问小松鼠："你还有什么？"

这个小朋友，就是我的儿子。

显然，他的回答出乎老师意料。老师就指着我儿子对其他小朋友们说："这个小朋友很贪心，不讲礼貌！"

小朋友们一致说："是！"

但是，这不是"贪心"，而是孩子的"好奇心"。

我们常说，要培养孩子的创造力，却不知道创造力是从好奇心里长出来的。可惜，我们的教育，常常在不自觉之间会压抑孩子的好奇心，压抑孩子看似与众不同的表现。

独特性被压制

每个人生来就是独特的，但是，当一个人生下来，迎接他的文化有太多的"一致性"的要求，这会压缩孩子成长的"独特性"空间，他的创造力也一并被压抑了。

一位幼儿园的老师曾经这样告诉我：在幼儿园里，如果一个班上的孩子循规蹈矩、整齐划一，上级领导来检查的时候，就会赞扬这个班上的孩子，赞扬带这个班的老师。而在另一个班上，老师用自然的方式带孩子，领导来视察的时候，看到孩子们在教室里玩耍，自由自在地走来走去，领导会提出批评，说：太散漫了。

但是，这位幼儿园老师说，前面一个班的孩子中总有人会憋着大小便，不敢对老师说。后面一个班的孩子不会压抑自己自然的需求。

这看起来是件小事，却是重要的区别。

规则训练是必要的，但是，过于强调整齐划一、安全，过于要求孩子听话、顺从，可能影响孩子的自然成长，甚至造成压抑和损伤，使孩子不敢表现自己的独特。

什么是独特性？它至少包括两个方面：一个人生来就与众不同，一个人敢于活得与众不同。

据研究，在孩子两岁的时候就开始有了明显的自我意识，他开始意识到，自己是跟母亲分开的，跟环境是分开的，是一个单独的个体，并且要表现自己跟别人是不一样的。这就是一种独特性的需求。

而我们的文化心理渗透着这样的观念："枪打出头鸟""出头的椽子先烂"。我们的文化和教育缺乏对"不同"的容忍、认可、欣赏和培育。

神经症的根源

"如果所有的人都像你这样，这世界会成什么样子！"如果我们的某个言行被认为是错误的，我们常常会听到老师、家长、周围的人对我们这样说。这句在很多场合都听过的话让我印象深刻，并知道其潜在的"威胁性"。其中的逻辑是，如果我们做出什么与众不同的行为，那是危险的、可怕的。如果我们跟别人一样，才会安全。

当我了解了我们文化里无处不在的威胁性因素，我也更好地理解了神经症的根源。人们发展出不同类型的神经症来，最初往往是觉得自己的某一个行为（想法、情绪、行动）是异常的，对之感到害怕，试图暗自消除它。当发现自己一下子消除不了，就变得更加害怕它，甚至这种害怕后来成了焦虑——有人说，焦虑是"对恐惧的恐惧"，陷入这种心理状态，一个人不知道自己在害怕什么，却有一种灾难将临的恐慌。

举一个例子。有一个师范大学的学生，在毕业之前到一个学校去实习。有一天，他上课的时候在黑板上写错了一个字。他感到很恐慌，担心自己的表现受到不好的评价，影响他毕业之后找工作。接下来，他内心把自己这个小小的错误变成了一场灾难——在他的想象里，那天来听课的学生会把这个错字念错，他们长大了又会影响周围的人，这样下去，一传十，十传百，导致所有的人都把这个字念错，而他，就是罪魁祸首。

许多类型的神经症者会把一个私人行为蔓延成一场灾难。而他这样做，并非出于偶然。当我们去了解症状的根源，会发现，当事人在成长过程中遭受过多的威胁和压抑，以至于他内心里形成了一个大而深的恐惧源。一个人在生活中缺乏创造的勇气（虽然他一点都不缺乏创造力），就把创造的活动转化为另一种方式去进行，结果制造出来的是"症状"。

不做赝品

一个人要成长，需要有勇气，坚守自己的独特性，与压抑自我的因素战斗。这种反抗行为被人称为"叛逆"，合理的叛逆对于一个人的成长是必要的。我曾遇到一位心理学家，他把孩子成长中的叛逆称为小鸟试翅。

不敢试翅的小鸟，一直呆在窝里，无法成为能够飞翔的鸟。没有经历过反抗的孩子，很难有勇气和有能力去成为自己。当我们有了勇气，我们就敢于活得真实，活出真实的自己。这就应了陶行知的话：千教万教，教人求真；千学万学，学做真人。

因此，在孩子教育方面，当孩子做出某种非同一般的行为的时候，不要急于做负面的评价，更不要强制他们改变。父母、老师需要让自己的心变得柔软，更加宽容，去理解、接纳、欣赏、支持孩子们，帮助他们确认自己。

父母不是永远要赢，有时候我们可以输给孩子。那些征服了孩子的父母，也可能是失败的父母。

有这样一个案例：有一个年轻人前来寻求帮助。我发现，这是一个被父亲征服（又自幼受到母亲过度保护）的年轻人。虽然心理问题的背后有复杂的原因，不能过于简单地归因，但父亲对儿子的压制与当事人的心理症状存在本质的关联：他的父亲是一个"成功者"，永远看不起自己的儿子。儿子上初中的时候，因为一次考试成绩不好，父亲把儿子的书本撕碎了。那个夜晚，这个孩子把父亲撕碎的书从垃圾箱里找回来，在自己的房间用胶带把书本粘起来，第二天带着粘起来的书本去上学，仿佛这件事没有发生。这位父亲永远不会明白，他撕掉孩子的书本的时候，也损伤了孩子的自我。

我想到一句话：每一个人生下来都是"原创"，长着长着就成了"赝品"。在这个世界上有许多人，因为各种各样的原因，他们的生活故事没有机会展开，就销声匿迹了。要让人生真正开花结果，我们最需要的是敢于与众不同的勇气。但是，勇气是要培育的。

我有两个期待，一是对个体的期待，就是活出独特的勇气；一个是对公众、文化和教育的期待，给每一个个体留下独特成长的空间。因为生命没有标准答案。

（摘自《读者》2012年第19期）

自己长大

张晓晗

亲爱的熊孩子：

今天发生了一件我觉得自己要足够老才能经历的事。

小学同学聚会，我没参加，大家喝多了，突然打电话给我。大家用同一个手机，轮着跟我说话。本来都是一些成年人的客套话，但是说着说着，我还是快哭了，跟参加了自己的追悼会似的。每个人都小心翼翼地说着我的好，说着曾经的感情。一个同学说："我们十多年没见了哦。"我怎么也反应不过来。好像昨天我们还一起在课间往死里打架，黑板擦扔过去，等到尘埃落定再抬头，却已经被老师没收走了12年。

我不知道你会在多大时看到这封信，但我决定在今天就告诉你一个足以让你笑傲人生的秘诀。

还是接着那通电话说。每个同学都很乐于和我玩一个猜猜我是谁的游戏。姑娘不算，一旦男生接到电话，我问的第一句话都是："你和我做过同桌吗？"他们停顿几秒后，都会醉醺醺地跟我说："没有吧。"

其实，我心里一直期待着他的名字。如果他接电话，我问也不用问，我有这个自信，就算过去12年，我还是能在第一秒听出他的声音。就像我们因为"三八线"闹得最凶的时候，说出那句狠毒的誓言："化成灰我也记得你。"他的名字是两个字，暂且叫他Z。你不用管他是谁，他就是我们从小到大每一个同桌的代号。

Z在四年级转学到我们班，我们在快毕业的时候调座位被换开。由于各种原因，我从来没有一个完整相处两年的同桌，除了他。

刚来的头一个礼拜，他是全宇宙最好相处的人，因为他人生地不熟，我也借机干了一件混蛋事。每天放学，我都把作业本整整齐齐地码好，放到抽屉里，一本都不带回家，并且警告他：明天早点来，我要抄你的作业。然后就去逛文具店，吃麻辣烫，或者和女同学到公交车站去看帅哥。那个时候我们都看《流星花园》，最乐此不疲的娱乐项目就是在公交车站看哪个男生像花泽类。

持续了大概10天，他竟然都这么做了，每天早到半个小时，在空旷的教室里让我抄作业，再看着同学们一个个进来。他因为胆小不和别人说话，只和我有一搭没一搭聊几句，我也无心理他，注意力集中在抄作业上。我问他以前学校的生活什么样，他一副大哥模样，挺不想提的样子。我心里想："哼，我还不想听呢，不过是和你客气客气。"

就在第十天，出现了扭转性的一幕，他和"小霸王"因为一件我现在已经想不起来的事打了一架。他被揍到爬不起来，还没还手，上课铃响了。他回到座位，低头盯着书，没一会儿，眼泪滴答滴答掉在书本上。那是一种很平静的愤怒，也只有我能看到。这个男孩子还挺"娘"呢，我当时心里这么想着。但是又觉得他有点可怜。我写了张小纸条给他，说："没关系，下课我帮你去谈判。"他把小纸条给我推过来。我再写："没关系的，我不会告诉别人你哭的。"他又把纸条推过来。我看他懒得理我，就把纸条团起来扔掉了。可是他还在哭，哭得我一个小学生都感觉：好悲伤啊。于是，我摸摸口袋，里面装着早上我出门前抓的一把水果糖，我挑了最好看的一块，透明的薄荷味的，放进了他的口袋里。我不知道这样能不能安慰到他，他没拿出来吃，也没再哭，老师说翻开下一页，他就把一页眼泪翻过去了。

又到课间，他一句话没说，眼里都是杀气，去墙角拿起一把扫帚，低着头跟在"小霸王"身后出去了。我本着看热闹的心情"嗖"地站起来跟出去。我跟到男厕所门口，只见他什么都没说，对着正在撒尿的"小霸王"就是一顿乱打。开始大家都傻眼了，不过很快男生们反应过来，一起上来制伏他，扔掉他的"武器"，擒住他的手脚，他就这么被按在墙面上，那股横劲儿更让他显得可怜。"小霸王"站起来，一步步走向他。我站在门口，手揣在口袋里，一颗颗数着那些糖果。那一刻不知道怎么想的，可能是因为抄了他几天作业，也可能是他那时狠狠的眼神戳中了我的保护欲，我冲进男厕所，一口咬在"小霸王"的胳膊上，死死拽着他，对Z大喊："你快跑，快跑啊！"

小孩子打架的情景，我不再赘述，你我都经历过。能记到今天是因为，我在此之前、从此以后，再也没为了谁打过一架。这件事的后续是，老师询问时，我拒绝举报任何人，导致我们一群人在教室门口罚站。"小霸王"他们正好借机去打篮球，只有我和Z两个人老实站着，我觉得太没面子，嗷嗷直哭。

我一直都记得那个下午，我们对着一个大大的窗户，那是我们小学的后院，能看到对面居民楼里退休老干部无聊一天的每一个细节。他说："喂，别哭了。"我说："你懂个屁，我从来没这么站过。"他说："我也没有哦。"我说："不可能，他们都说你是因为杀了人才转来的。"然后他愣住了，我也愣住了。我们两个看着对方的惨样一起哈哈大笑。

"你这么'娘'怎么可能杀过人，我真的高估你了。"

他说："你真的很想知道我为什么转学？"我抹着眼泪点点头。他说："爸妈离婚。"我说："那也不是什么大事啊。"他说："是哦，比起杀了人，想想也不是什么大事。"

然后我又摸了一遍口袋里的糖，全数掏出来，说："我们一起吃掉吧。"我们就这么站着，百无聊赖地，把糖一颗颗吃掉了。我心里想着，就假装我们在约会吧，假装我们很不在意这次惩罚，就没那么丢脸了。他突然抬头跟我说了一句："我发现了一个秘密，我们都得自己长大的。"

我很晚熟，根本没听懂。

我们因此恋爱了吗？当然没有。我们因此成为和谐的同桌了吗？当然没有。我们成为一辈子的好朋友了吗？好像也不是。他站到最后10分钟，终于鼓起勇气，下楼和"小霸王"他们一起打篮球去了。男生的友情总是从暴力开始，他再也不用借作业给我抄了。而从那次以后，"小霸王"开始敬我是条汉子，追了我一段时间，同学聚会时，他成了唯一一个有我电话号码的人。我和 Z 呢，就十分琐碎日常，和所有小学同桌一样，鸡毛蒜皮地度过了两年。

小学时代最后一次换座位时我们被换开，他照常收拾书包走人。我心里有一点难过。我最后一个离开教室。去公交车站的路上，我手插在口袋里，哼着悲伤的《流星雨》，摸出一块糖来。

也不知道他什么时候放进去的。我鼻子立刻酸了，但是好在，我有一块糖，可以马上塞进嘴里。吃进去的时候，我又高兴起来，因为他还记得，我少有的勇敢的一幕。

很妙的是，这明明是小时候的一件小事，反倒成了我至今的习惯。我不喜欢吃甜食，但是每到难熬的时候，都会装一块糖在口袋里。在那个艰难的时刻，什么都不要管，迅速拆开糖纸把糖塞进嘴里。这种时候，我都会想到 Z 拿着扫帚单枪匹马走出去的样子，一个瘦高稚嫩的男孩子，拖着一把看上去比他还高大的武器，准备去和糟糕的一切拼命，心里反复告诉自己："我不害怕，我不害怕。我每往前一步都是新的，这没什么好怕的，人都是得自己长大的。"

毕业以后，我再也没见过 Z。所以，没有机会感谢他，也没有机会说，我有点遗憾，没能成为他在这个学校里唯一的同桌。

亲爱的宝贝，我不能陪你到最后是注定的。那么，就请收下这颗我放在你口袋里的糖吧，你难过的时候它是酸的，你快乐的时候它是甜的，请在最重要的时候吞掉它，然后告诉自己，我是最凶猛的动物，荒漠饿不死我，丛林也不会让我迷失方向，城市的凉薄也不会浇灭我热血沸腾的心。

就请吃下这颗灵丹妙药，从此之后一切变好，一切都会过去，我们是可以自己长大的。

爱你的老娘

（摘自《读者》2015年第19期）

是教养让你跟别人不一样

刘主编

1

经常坐火车往返两地，每次在卧铺隔断里都能遇见整个车厢最淘气的孩子。

中国的父母经常误解"淘气"和"可爱"这两个词的含义。小孩大声喊叫，满车厢跑，声嘶力竭地哭闹，上蹿下跳，父母就在一旁微笑，放任自流，以为这就是孩子的天性，真可爱！

更糟糕的情况是，孩子一边闹，父母一边打。我见过一个母亲，直接打孩子的脸，孩子也顽皮得厉害，除了疼痛，毫无自尊受挫之感。打了一会儿，母亲也累了，孩子跑过来，抱着妈妈说："妈妈，妈妈，我最爱你了。"于是母子又相拥欢颜。

放任和暴力可能都出于爱，放肆和依赖也都是幼儿的天性，可这样淘气的孩子在成长中要被打上何种烙印，又会成长为什么样的人呢？

2

我来自一个小城市，自登上离家的火车起，就时时警醒，怕自己的言行招来"没教养"的评价。

小学三年级时迷上了说脏话，以为这里有组合词汇、描述细节和发挥创意的空间。十岁的小孩哪里懂男女之事，不过就是学大人样，把话往肮脏了说，把对方的远房亲属挨个点名。终于有一次，跟一个同学楼上楼下骂仗时被老师听到。

以为一定会被老师骂并请家长，忐忑了一个早晨。直到晨会结束，老师把我喊过去，轻描淡写地说："你说这样的脏话要是被路过的人或者院子外的居民听到多不好，人家会怎么看待你？"

那次谈话后，我好像突然丧失了骂人的能力，最多也就是写文章时偶尔表达愤怒。这次和风细雨式的批评对我影响至深，那是我第一次有了"觉知力"——觉知到没教养绝对是件值得羞愧的事。试想如果她因为我骂人而骂我，我一定不会那么臣服，也不容易自我反思。

3

我去听钱复和白先勇的讲座，两位先生差不多同龄，都是台湾有影响力的人物。

钱先生穿西装系领带，说的每个词都清晰准确。可能是做过"外交部部长"的缘故，他的语言极为得体。到底是"交往"还是"交流"，是"相识"还是"熟悉"，用词都一丝不苟。

白先生着长衫，是留美的小说家。许子东先生评价他时用了一句话让我非常感动，说他"从百年中国内忧外患到百年中文内忧外患"。白先生对现代中文有一种忧虑，在我看来，这种忧虑倒不是对华文文学的，而是因为中文语言的教养正在走下坡路。

我在台湾的半年经常遇到台湾人跟我对"暗语"：我去、擦、威武……我每次都把这些语言视为一种侮辱，虽然他们的本意可能只是为了用一些他们认为大陆人常用的语言跟我拉近距离。我通常会正色地告诉他们，即便在大陆也不是每个人都这样说话，而且这种语言真的不美。

中文是一种很美的语言，它的发声方式、咬字归音、气息连贯使它堪称世界上最美的语言。如果一定要用一种阴阳怪调，内心鄙视嘴上却觉得有趣的语言来跟我对话，我会看破他的"敌意"，并坚决回击。

谦逊是一种教养，自尊更是。

4

承蒙错爱，我受到过一些表扬。

课堂上，老师指着我说，你，韩国人；在台北，朋友说，你还真不像大陆人；在尼泊尔，有人问，你是不是日本人；刚工作的时候，领导说，你真没有在国外留过学？

我感激这些显而易见的表扬，但往往更愿意转个弯来理解。我来自中国，一个公共场合有人抽烟、餐馆和地铁里有人大声喧哗的国家；我没有留过学，我所在的学校，大家在图书馆占座位，也没人质疑学校损害学生尊严的恶行。

是的，我来自这里，也曾经想过离开这里，变得跟这里的人不一样。但在台湾的最后两个月，我渐渐明白，人必须有对土地的归属感，这将带来对身份的认同，人只有与孕育自己的土地相连才会有能量。

越是失望和疏离，越要用更多的爱绑定这种关系。显而易见，这种选择注定将面临无比艰辛的道路。

5

即便不能改变什么，但至少努力做一个有教养的人。西方和日本最值得尊敬的不仅是科技和国力，还有因教养而汇聚成尊严的社会氛围。

我路过地铁和火车站安检处的时候，看着行李从扫描仪里连滚带爬地翻出来，乘客要弯着腰去捡起来。一个有教养的设计者应该把这个台面提高40厘米，让每个人可以有尊严地拿起东西。

我在车站等地铁，听见两个法国人在聊天。他们用鄙夷的眼神看着突然插到他们前头的两个人，然后用一种很少有人懂的语言品评这件事，他们的嘲笑刺痛了我。我从来不相信一个外国人会像本国人一样爱这个国家和这里的人民，他们爱的是机会和GDP增速。

中国春秋时期就强调"礼"，那时候西方很多国家还在茹毛饮血。"不食嗟来之食""慎独""黄钟大吕"都显示出中华文化是世界上最早强调教养的。教养是一种社会价值：照顾妇女，体谅周到，谈吐文明，举止得体，平静时保持微笑，危难时保持冷静，有爱的能力，重视家庭。泰坦尼克号沉船时，并不是每个人都在求生，那些看起来更能改变世界的

男人把生的希望让给了女人和小孩，那些可以独自逃生的妇女选择把人
生最后的时刻留给爱人，那些有教养的老夫妇选择长眠海底，那些工作
人员选择在沉船上坚守到最后一刻……

6

教养跟贫富无关。飞往法国的头等舱上也有没教养的行为，偏远乡村
田埂上的人们也知道礼义廉耻。

所谓教养，简单地说，就是不管你的出身和背景如何，都努力做个更
好的人。

（摘自《读者》2015年第22期）

母亲的三句话

鲁 钊

二月河幼年时憨厚、讷言，在某些方面还有点反应迟钝。

二月河的父母都是从战争年代过来的人，对待孩子的学习成绩不那么苛刻。父母下了班在门前空地上洗衣、种菜、栽树，十来岁的二月河壮实有劲，一手提一桶水，干得很欢。父母看在眼里，喜在心头：只要孩子健康成长，其他都不重要。

二月河懊恼自己的学习成绩，苦恼地问母亲："我是不是天生就比别人笨？"

母亲说："儿子，你有力气，能帮助爸爸妈妈提水、浇花、洗衣，这就是你的优势，你比别人健康、强壮。"说着，母亲把二月河领到院子的花圃。

父亲凌尔文特别钟爱园艺，在自家院子建起花圃，他们家院子里一年到头开着不同时令的花。春天，父亲会带二月河到野外，不是赏春踏青，而是去寻找嫁接菊花的母本——黄蒿和野艾，移回来，密集地栽在苗圃里，长大了嫁接菊花。到秋天，一盆菊花可以开出五六种颜色的花。还有扦插的各种树苗，果树中的桃树、杏树、梨树、无花果，花木中的月季、桂花、松枝、小柏枝等。他的嫁接技术很好，靠接、枝接、劈接、芽接，没有他不会的，他只要接，准活。

许多年后，电视台报道一则消息，说西红柿和土豆嫁接成功：上头结西红柿，土里结土豆。二月河与妹妹看了这则报道都笑了，因为几十年前父亲试着嫁接这两样，每次都成功，只不过嫁接后土豆长不大，西红柿像葡萄，就顺手拔掉扔了。父亲培育的桂花尤其好：把桂枝皮削掉半边，用塑料袋包上湿土，严严实实扎起，第二年春天，把原枝的下部剪断，一株新桂花树就诞生了。桂花是丛生，要想长成桂花树，也得嫁接。选择一棵冬青幼苗，再从旁扦插上桂枝，成活后与冬青靠接，就是一株亭亭玉立的桂花树苗。

在花圃前，母亲指着那些青翠欲滴的果木，语重心长地对二月河说："娃，你仔细看看这些树木瓜果，记住三句话。

"一是丝瓜、豆荚长得快，一晚上就能长一大拃；水杉长得慢，但最后长得高、长得壮的是水杉。人不怕成长慢，只怕不努力。

"二是丝瓜、豆荚尽管长得长，却靠攀附树木，没有对别的树木的攀爬，它就长不成。人不要靠攀附别人，得靠自己。

"三是桂花不嫁接，就会丛生，长不成大树，嫁接后，才能长成桂花树。人要学习，通过学习，去转换自己，发展自己。"

母亲的这三句话，让二月河受益终生。无论是在学校还是在部队，无论是钻山洞建国防工程还是下煤窑挖煤，他都没怨天尤人，哀叹命运不济，而是擦亮心中的理想，坚持不懈，最终厚积薄发，成为有名的作家。

（摘自《读者》2014年第4期）

回来吧，父亲

孙云晓　李文道　赵　霞

　　15岁的崔诚一直是个乖乖男，今年中考刚结束，正在过一个没有压力的假期，但是爸爸给他布置了新任务——每天跟家教待一个上午，学习、聊天。崔先生对记者说，孩子这么大了，说话还扭扭捏捏，像个女孩一样，以前都点名要女家教，这次他硬是给儿子找了个男家教，希望带他回到男孩子的样子。

　　崔先生称，自己工作一直很忙，儿子从小到大都是妻子带的，妻子喜欢女孩，有时候把小崔诚打扮成女孩样，儿子长大后却越来越安静、胆小，前一阵他教儿子学自行车时，儿子竟然吓得哭了。他意识到问题有些严重。

　　这个父亲意识到儿子需要男性的引领，但他做得远远不够，儿子需要的不是男家教，而是他本人，需要他亲自参与到儿子的生活和教育之中。美国著名心理学家杜布森认为："让一个男孩和一个合适的男人在一起，这个男孩永远不会走上邪路。"

2008年6月15日，父亲节，芝加哥"上帝使徒教堂"，美国总统候选人奥巴马在总统竞选集会上，向黑人父亲们大声疾呼："回来吧！父亲！"

在演讲中，奥巴马说：

在建立我们生活所依附的基石中，最重要的是家庭。我们必须认识到并予以肯定的是，每位父亲对这个基石能起多么关键的作用。

但如果我们坦诚的话，我们应该承认有太多的父亲不在其位，有太多的父亲失踪，有太多的父亲未尽到父亲的责任。

统计资料告诉我们：生活中没有父亲的孩子将来陷入贫困或犯罪的可能性高出5倍，他们将来弃学的可能性高出9倍，将来被关进监狱的可能性高出20倍，他们更有可能出现行为问题，更有可能离家出走，更有可能在未成年时就当上父母。由于父亲的缺席，我们社会的基础变得更加薄弱。

父亲是儿子的第一个男子汉榜样

男孩对男性的认识是从父亲开始的。从父亲身上，男孩学习如何举手投足，如何待人接物，如何关爱女性。每个父亲都很容易从男孩身上发现自己的影子，每个儿子长大以后，也会发现自己越来越像父亲。

研究发现，充满男子汉气概的男孩，其父亲的教养行为往往是果断的、具有权威性的。相反，如果父亲在家里是软弱无能的、母亲是具有支配性的，那么，男孩对男性的性别认同就会受到严重伤害，男孩会表现出过多的女性化气质。那些攻击性行为很强的男孩，往往有一个软弱、不起作用的父亲，而那些害羞、自卑的男孩，其父亲大多行为专横，对男孩漠不关心。

模仿是男孩性别角色形成的基本途径。父亲提供一种男性的基本模式，男孩通过观察与模仿学习男人如何待人接物、如何处理问题。心理学家麦克·闵尼的研究结果指出：与那些一星期内接触父亲不到6小时的男孩相比，每天与父亲接触不少于2小时的男孩，更有男子汉气质，他们所从事的活动更开放，他们更具有进取精神，也更愿意去冒险。

父亲是男孩的玩伴，习惯用男性特有的力度和行为风格对男孩产生特殊的吸引力。美国心理学家谢弗研究发现，在游戏中，父亲会严格地按照社会所规定的性别角色标准来要求男孩玩那些适合其性别的游戏，否则，父亲就会惩罚男孩，这使得男孩更好地习得了男性的角色和行为模式。

父亲的养育方式更符合男孩发展的需要

父亲的养育方式往往跟母亲是不一样的，在绝大多数的文化和社会阶层中，父亲经常用不同的方式来抱孩子，而母亲通常每次都用相同的姿势。在父母抱孩子的动因上，母亲抱孩子主要是为了照顾他，而父亲抱孩子则更多是通过身体运动和孩子进行游戏交流。

在亲子互动上，心理学家拉姆研究发现，母亲经常与孩子玩她习惯玩的游戏，而父亲则吸引孩子玩那些具有力量感的、刺激身体的和不可预知结果的游戏，或者孩子不习惯、感到新奇和开心的游戏。母亲给予孩子更多的是稳定性和安全感，父亲给予孩子更多的是变化性和多样性。父亲教育孩子，往往只给他们划个大框框，为孩子留下较大的自主空间。

当面临冲突时，母亲倾向于迁就孩子，而父亲则更注重"立规矩"。在孩子遇到困难时，母亲倾向于立刻帮助孩子，而父亲却往往迫使孩子去发挥自己的智慧、能力，从而使孩子在意志品质上和解决问题的能力上得到充分锻炼。

总之，父亲在培育男孩的男子汉气概，在培养男孩的独立、负责、冒险和进取精神，在培育男孩的强健体魄方面发挥着更大的作用。

父亲和儿子都属于男性

男人和女人或许来自不同的星球，只有男性才能从根本上去理解另外一位男性。

儿子成长中所面对的难题，极有可能是父亲小时候曾经的困惑。父亲成长的经历与经验，更有可能成为儿子解决问题的钥匙。父亲和儿子有几乎同样的大脑结构，他们的体内涌动着同样的雄性激素。父亲的视角更能贴近儿子的视角，也只有父亲能理解在儿子血液中澎湃的雄性激素对他意味着什么，理解什么是性、什么是爱。如果您承认男性和女性有显著的差异，那么您就会认识到父亲在儿子的成长中发挥着重要作用。

当然，父亲对男孩"更重要"这种说法，并不是要否定母亲在男孩养育过程中的重要性，我们只想强调父亲在培育男孩的男子汉气概方面发挥着母亲无法代替的作用，父亲是男孩成长为男子汉的引路人。

（摘自《读者》2010年第5期）

看不见的存在

林弘谕

不管你如何忙碌，都应在星期天抽个空，带着孩子到爷爷奶奶家探望老人。孩子以后也会记得你在路上的吩咐，爱父母是天经地义的事。

的确，很多很多时候，你以为孩子不晓得你在干什么。其实，他们是看在眼里，嘴上不说而已。

孩子从你的一举一动中，构建一个成长的模型。

当你小心翼翼地把孩子第一次从学校做的饼干送入口中时，你以为他没有看到。你嘴角的微笑，让他决定周末不出去打球，要呆在厨房烘饼干。

当你在公路上停下来，把一只受伤的猫抱到路旁。他会更加爱护家里的动物，更加理解生命的意义。

当你的妻子突然说想吃榴莲，虽然已近午夜，你仍驾车买两个回来。孩子知道爱的表达有很多不同的形式。

当扫地的阿伯推着沉重的垃圾车，尝试一手吃力地推开那扇通往垃圾槽的门时，你马上替他解围。孩子认为这是老师所教的"助人为快乐之本"最佳的诠释。

当另一半要跟你争吵时，你不发一言，走出门透口气。孩子知道息事宁人、有容乃大是最好的相处方式。

当你对丈夫（妻子）动怒大声吼叫时，别因孩子对你的大喊大叫感到大惊小怪。

当你吩咐保姆递茶倒水时，不要责备孩子在保姆不在时，把你当保姆使唤。

当你在另一半的面前数落对方的不是时，孩子会认为批评别人是一种光明正大的行为，不用留情面，无需下台阶。

原本说好不让孩子去郊游的，后来他发现你特地为他准备了有吃有用的郊游包，他学会了退一步海阔天空。

当他发现你从小到大，每年都为他拍张照片留做纪念，让他长大后记忆不留空白，他才体悟爱的细腻。

当你在熟食中心掏出两元钱向兜售纸巾的残疾人购买东西时，孩子知道施比受更为有福。

当孩子在睡梦中隐约听到你在浴室清洗他在学校弄脏的校服的声音时，他告诉自己下次玩乐时要更加小心别弄脏衣服，不要剥夺你的睡眠时间。

当你说家用已不够了，但仍坚持借钱给隔壁的老婆婆交水电费时，孩子晓得人间有温情、远亲不如近邻。

你偷偷流泪时，他知道人在世上难免会碰到伤心的事，也了解哭泣并不是什么见不得人的事。

孩子就在这些"看不见"的生活细节中，创造着生命的财富，丰富着
人生的道路。

（摘自《读者》2005年第18期）

长成一棵树

王巨成

当一棵树栽进泥土时，没有人告诉它的将来是要被制作成一个凳子，或者一张桌子，或者一扇门，或者被用来造房子……

没有！

只要有一方泥土、一片阳光，树们便可以成长。那种成长是自然而从容的，我们丝毫看不出它们是怎样长大的，可是它们又确确实实地在成长着。那突然多出的一片叶子，那突然多出来的一根枝条，无不说明它们在长大，它们长得自自然然、心平气和，没有谁会对一棵树说：你长得太慢了，快点长呀！

经历了风，经历了雨，经历了严寒，经历了酷暑，树还是树。即使倒下了，也许树的根部会再冒出一棵新芽来——那新的芽，不久也是一棵树。

树也有树的快乐。夜晚，树们聆听了星星和月亮的喃喃细语；白天，树们分享了小鸟的点点喜悦。树们会在风中唱歌，会在风里舞蹈，会在阳光里自由呼吸。

在不知不觉间，有一天我们会猛然发现那些树长得又粗又壮、又高又大。显然树成材了。这时我们往往会有一丝意外、有一丝惊喜：看，树们竟然长成材了！

对于长成材的树们，该去做衣柜的，便去做衣柜；该用来造房子的，便用来造房子。即使那些细小的枝条，也可以去生火；即使那些叶子，也可以当作肥料。

没有人把一棵只能做凳子的树，拿去做铁轨的枕木。

没有人说哪一棵树是没用的。

没有！没有一棵树是没有用的，只有不会识别树的价值和不会利用树的价值的人。

我们的孩子，我们的每一个孩子，长成一棵树多好！

可惜，我们的好多孩子，一来到这个世界上，就被赋予了清晰的目标：你将来要考重点中学，考重点大学，成为名作家……

一双双眼睛盯着孩子，渴望他们快快长大，就像某些把利润当成一切的果农，种下了果树，就恨不能马上开花结果，马上赚大钱，于是他们用激素催生，希望早早开花，希望早早结果……

早熟的果子不甜，这谁都知道。

然而揠苗助长的事情总是不断地发生着。

"你只能这么做，而不能那么做！""你只能读这些书，而不能读那些书！"……在孩子的成长中有许许多多的"不能""不许""不准"，它们像绳索捆住了孩子的手脚，使他们丧失了许多本该属于他们的欢乐，使他们不再像一个个小孩子。

让孩子更像孩子，让孩子像树们那样成长，多好！

（摘自《读者》2008年第1期）

带钱谈恋爱

林 夕

女儿考上大学了。开学时她自己带着学费和一个月的零花钱去了。

一个月后，父亲要去银行往女儿的一卡通里存钱了，先打电话过去问："600元够不够。"女儿回答说："够了。"父亲放心了，嘱咐说："想吃什么就买，别亏了自己，也别和人家老板的女儿比，你只要和纹纹保持同等的生活质量就行。"

女儿听了，半响未作声。父亲觉得有点奇怪，就问："怎么了？"

女儿犹豫了一下，说："爸爸，我不知道该怎么说。"

"有什么事快说吧，爸爸帮你分析，提建议。"

女儿说："纹纹和我一样，每月也是家里给600元钱，但她的生活质量比我高，她每天都有零食，每周去一次麦当劳，有时还能去必胜客。"

父亲一算，这样的话，600元钱根本不够。

"她是不是去打工了？你不要去，别耽误了学习。"父亲急切地说。

"没有，她不是打工，是在谈恋爱，其实也不是在谈恋爱，有一次她约会回来时对我说，其实她并不喜欢那个男生，只是喜欢他能为她埋单罢了，我们班还有几个女生也是这样，她们还笑我，说我傻，可惜了这张脸，如果她们有像我这样漂亮能吸引男生的脸，根本不用向家里要钱，她们会找到愿意为她们付费的长期饭票……"父亲愕然。

放下电话，他一分钟都没耽误，赶紧去银行，给女儿的卡上存了700元钱，又回家发了封电子邮件。

他在信中道："亲爱的女儿，从这个月起，我每月给你700元钱，多出来的100元，你可以买零食，去麦当劳，必胜客……记住，任何时候，都要用自己的钱埋单，这才是有质量的生活。还有，如果你喜欢某个男生，开始谈恋爱，请一定告诉我，我会每月再给你增加100元，作为恋爱经费，请一定记住，每次约会，不要忘了带上自己的钱包，你要学会并习惯为自己所爱的人埋单。这样你才有资格得到一份有质量的爱情。"

（摘自《读者》2005年第4期）

有什么用

叶倾城

从钢琴老师家出来，春夜正好，像件薄薄的黑绢衫子，亲密贴身。有路灯，把夜色稍微推开一段，像捋上去的袖管。

我一路问小年课上学了些什么——遗忘与记忆同步，两小时内学到的知识就忘掉70%，为了达到最佳学习效果，必须立刻复习。我听完一堆"八分音符"（其实我也不知道那是什么），叮嘱她："要好好学钢琴呀。"

她点头："嗯，我长大了要当钢琴老师。"又说，"我也要好好学英语，要不然我去美国，大家听不懂我讲话怎么办？"——很抱歉，她5岁，已经有了留学志向。我老怀大慰，又加一句："围棋也要好好学哦。"我们学围棋也快一年了。

她扭头问我："为什么？"

这应对出乎我意料，我一愣："当然了，学就要学好嘛。"

　　她居然认真起来："我又不想当围棋老师，去美国要下围棋吗？为什么要学好围棋，围棋有什么用？"

　　上一次被问类似的问题，是在新东方附近的茶餐厅，熙来攘往，隔邻多有洋人，外文词句混在中文的洪流里，像甜点上嵌的杏仁。与我同桌的是个15岁的女孩子，托福刚考了113分。我问："听得懂？"她微微一笑，笑容里全是自负。

　　我一时多事，说了句："其实你英文已经很好了，有时间可以看看古文，背背古诗词什么的。"

　　女孩诧异地看我，满脸都是"这人老糊涂了"的不解："为什么？英语、数理化、游泳，都是工具，将来用得着，古文……"她撇撇嘴，"有什么用"四个字不曾出口，以身体语言呈现。

　　如果她是成年人，我可以理解这是粗俗的挑衅，但女孩一脸认真，我于是想了又想，说："纳兰容若有一句诗：'等闲变却故人心，却道故人心易变'。你也许会在无意中听到，因为它的浅显，随意记下来，然后很快地忘掉。你现在初三，马上面临分离，那么要好的、视为姐妹、以为是一辈子的好同学好朋友，会渐渐淡掉，总有一天，你惊骇地发现他们都变了。'而他们说：不，是你变了。你心里五味杂陈，感觉孤单，仿佛一刹那被朋友和时间同时抛弃。你有那么多感受，却不知从何说起，向谁说？怎么说？你疑心只有你一个人经历过这一切。这时，你想起这句'却道故人心易变。'你恍悟了……文学的意义就在这里：说出你的心声，抚慰你的哀伤。我们脱离人猿已经数百万年，我们所需的，不只是工具。"

　　女孩应该是听懂了，但，她听进去了吗？

　　如果技能与谋生无关，如果知识不用来生存，如果它不是通往美丽新世界的桥梁，那么，它有什么用？我尽量用少年能理解的语言说："围棋可以锻炼头脑，让你有逻辑能力和推理能力，这是所有学问和智慧的基础。"——这是一个先天不足的答案，因为她可以追问：学问和智慧，有什么用？

天文有什么用？它让我们知道，我们的一生像微尘一样轻；美有什么用？刺绣或者音乐，带给我们的美感与惊喜，是擦过皮肤的战栗；那些你一生用不到的冷知识有什么用？你了解雪兔一冬一冬地变色，即使你不想当猎人（我估计雪兔也是保护动物吧），你是否会感到既轻微又巨大的悲哀：原来随机应变不过是与生俱来的智慧……甚至，眼泪有什么用？除了滋润眼部、让眼睛不会太干涩之外，它还可以洗净我们的灵魂。

所有无用的东西，都是有用的。

就像这一个美好的春夜，也许它真正的、唯一的用途，就是让万籁俱寂，它是宁静的布幕板，让小年有机会问出她的"大哉问"：有什么用？

她会用一生，慢慢地找到属于自己的答案。

（摘自《读者》2012年第14期）

接受亲人的不完美

闫　红

张爱玲的妈妈黄逸梵，晚年听说张爱玲结婚了，高兴地给她的忘年闺蜜邢广生写信，说"又免了我一件心愿"。

这几个字，我看了很久。天下妈妈大概都是这个心思，希望女儿能找到一个陪伴她照顾她的人。但是放在黄逸梵身上却让人感动又微微有些讶异，此前看了张爱玲太多吐槽，总觉得这是一个时髦高傲到不大懂得母爱的女人，她还有这份儿放不下？

如今回过头来再想，张爱玲的妈妈真不能说不爱她。

在经济很拮据的情况下，给张爱玲请五美元一小时的家教；为了让张爱玲受到很好的教育，拒绝儿子的投奔；那么矜持的人，去世前曾给张爱玲发电报，想要再见她一面，而张爱玲却只是给她寄了一百美元而已。黄逸梵对女儿依旧没有一丝怨恨，她知道"20世纪，做父母只有责任，没有别的"。她最后将一小箱古董留给了张爱玲。

但我也能理解张爱玲心中的芥蒂，黄逸梵的问题不在于有没有"爱"，而在于她做人太紧绷，不能接受家人，尤其是女儿的不完美，张爱玲后来活得那样紧张敏感，黄逸梵有很大责任。

张爱玲在那篇《天才梦》里，半开玩笑地说，她十六岁时，妈妈从法国回来，将暌违多年的女儿研究了一下，对她说："我懊悔从前小心看护你的伤寒症，我宁愿看你死，不愿看你活着使你自己处处受痛苦。"

张爱玲说母亲给她两年的时间学习适应环境。除了教她洗衣做饭的生存技能，黄逸梵还让张爱玲练习行路的姿势；看人的眼色；照镜子研究面部神态；如果没有幽默天才，千万别说笑话……

最后，黄逸梵还是很失望。张爱玲说："在待人接物的常识方面，我显露惊人的愚笨。""除了使我的思想失去均衡外，我母亲的沉痛警告没有给我任何的影响。"

"沉痛"两个字用得很幽默，但黄逸梵和张爱玲只怕都笑不出来。张爱玲后来一次次描述她当时的那种惶恐，说，母亲总是在盘算，自己为她做的牺牲值得不值得。

张爱玲似乎想多了，但是一个不放松的妈妈给人的压力真大啊。在《今生今世》里，胡兰成将他和张爱玲的关系描述成神仙眷属。换成张爱玲来写，张爱玲总是在猜，胡兰成是怎样看她的。这就是少年时留下的心理暗疾，她能从任何人那里，看到当年母亲审视自己的眼神，看出她的不完美。她后来的离群索居，很难说不是为了逃避这种审视，起码，她无法享受正常的人际关系。

不接受亲人的不完美，其实就是控制欲。不只是想控制亲人，更重要的是，想要借此掌控生活。以为把家人的小毛病都摘除了，生活就可控了，自己心中的秩序也就能建立了。

可是，生活神出鬼没，根本无序可言。

不懂这个道理的，还有贾宝玉他妈。

很多人说王夫人这个人如何坏，我不太接受。别的不说，她那么讨厌赵姨娘，对探春尚能区别对待，这就不是每个人都能做到的。她能体谅妙玉的孤傲，施舍多年不曾走动的刘姥姥，荣国府上下，谁也说不出她的不好来。

但是假如我们确定《红楼梦》是一部自传体小说，就知道，贾宝玉对她一定是有怨恨的。

"好好的爷们都让你教坏了！"当着宝玉的面，她给了跟宝玉调情的金钏一耳光，这一耳光应该多少年都在宝玉心头回响吧？王夫人不接受成长中的宝玉在所难免的轻佻，认为他"学坏了"，她万般警惕，坚壁清野，发愿将一切危险因素剔除干净，驱逐晴雯、芳官一干人等，让大观园的花团锦簇瞬间失色，也让宝玉的华丽青春变成残酷青春。

在王夫人身上，你能看到很多妈妈的影子。她对宝玉也是真爱，各种关怀宠溺、苦口婆心，但她的不接受，使得这一切毁于一旦。

懂得接受，应该成为一个母亲的基本修养。在这方面《窗边的小豆豆》做出了教科书般的示范。

那个小豆豆，很像童年的我，稀里糊涂的，一天到晚犯错误，自己还不知道错在哪里。只是，我小时候每天都要被各界人士，比如我爸妈和老师批评上一千遍啊一万遍，每天都灰头土脸的，那种自卑感，到现在还影响着我的言行举止。

小豆豆最后却成了非常受人喜欢的电视节目主持人，我觉得，这跟她妈妈从来都接受她的不完美，或者说，她妈妈没有世俗世界里的那种完美概念有关。正是她妈妈那种温柔的智慧，让小豆豆不恐惧、不焦虑，自然不会进退失据，平添无谓的耗损。在轻松的爱里，她可以一路向前奔跑，跑赢世间隐藏的风险。

接受亲人的不完美，不只是给予家人轻松感，还能影响到家人的生活态度，触类旁通地化解所有的不如意。就像《佐贺的超级阿嬷》里面的那个阿嬷，德永昭广的外婆，一个智慧的老母亲。

阿嬷是个穷老婆子，靠打扫卫生谋生，但她很乐观，说："穷有两种，穷得消沉和穷得开朗，我们是穷得开朗，而且和由富变穷的人不一样，不用担心，因为我们家世世代代都是穷人。穷人习惯穿着脏衣服，淋了雨，坐在地上，摔跤也无所谓。"

德永昭广把考试成绩拿回家：数学1分，社会2分，语文1分，英语1分……

阿嬷笑着说："不要紧，不要紧，一分两分的，加起来，就有五分啦。"

德永昭广问："不同科目也能加在一起吗？"

她严肃果断地说："人生就是总和力！"

说得好。

除了接受孩子的不完美，她还教会孩子接受这个世界的不完美，对德永昭广说："别抱怨'冷啊''热啊'的！夏天要感谢冬天，冬天要感谢夏天。"

德永昭广成名后又遇到低潮期，阿嬷也有办法帮她打气："即使有三两个人讨厌你，转过身来还有一亿人。"

阿嬷的乐观，不只安慰到了德永昭广，也给无数读者以力量，将人生的如意和不如意照单全收，用自己的力量，化不完美为"不，完美"。

这样的阿嬷，谁不想有一个呢？不过，做什么样的人，比拥有什么样的人更重要。愿你我都能够放松心情，学会接受，给予亲人最为轻松的爱意，在有生之年专心致志享受生命之美。

（摘自《读者》2019年第17期）

中等生

刘继荣

女儿的同学都管她叫"二十三号"。她的班里总共有五十个人，而每每考试，女儿都排名二十三。久而久之，便有了这个雅号，她也就成了名副其实的中等生。

我们觉得这外号刺耳，女儿却欣然接受。丈夫发愁地说，一碰到公司活动，或者老同学聚会，别人都对自家的"小超人"赞不绝口，他却只能扮深沉。人家的孩子，不仅成绩出类拔萃，而且特长多多。唯有我们家的"二十三号女生"，没有一样值得炫耀的地方。

有时，他一看到娱乐节目里那些才艺非凡的孩子，就羡慕得两眼放光。后来，看到一则九岁孩子上大学的报道，他很受伤地问女儿："孩子，你怎么就不是个神童呢？"女儿说："因为你不是神父啊。"丈夫无言以对，我不禁笑出声来。

中秋节，亲友相聚，坐满了一个宽大的包厢。众人的话题，也渐渐转向各家的儿女。趁着酒兴，要孩子们说说将来要做什么。

钢琴家、明星、政界要人，孩子们毫不怯场，连那个四岁半的女孩，也说将来要做央视的主持人，赢得一阵赞叹。

十二岁的女儿，正为身边的小弟弟小妹妹剔蟹剥虾，盛汤揩嘴，忙得不亦乐乎。人们忽然想起，只剩她没说了。在众人的催促下，她认真地回答："长大了，我的第一志愿是，当幼儿园老师，领着孩子们唱歌跳舞、做游戏。"

众人礼貌地表示赞许，紧接着追问她的第二志愿。她大大方方地说："我想做妈妈，穿上印着叮当猫的围裙，在厨房里做晚餐，然后，给我的孩子讲故事，领着他在阳台上看星星。"亲友愕然，面面相觑，不知道该说些什么。丈夫的神情极为尴尬。

周末，一群同事结伴郊游。大家各自做了最拿手的菜，带着老公和孩子去野餐。一路上笑语盈盈，这家孩子唱歌，那家孩子表演小品。女儿没什么看家本领，只是不时跑到后面，照看着那些食物。把倾斜的饭盒摆好，松了的瓶盖拧紧，流出的菜汁擦净。忙忙碌碌，像个细心的小管家。

野餐的时候，发生了一件意外的事。两个小男孩，一个奥数尖子，一个英语高手，同时夹住盘子里的一块糯米饼，谁也不肯放手，更不愿平分。丰盛的美食源源不断地摆上来，他们看都不看。大人们又笑又叹，连劝带哄，可怎么都不管用。最后，还是女儿，用掷硬币的方法，轻松地打破了这个僵局。

回来的路上堵车，一些孩子焦躁起来。女儿的笑话一个接一个，全车人都被逗乐了。她手底下也没闲着，用装食品的彩色纸盒，剪出许多小动物，引得这群孩子赞叹不已。下车时，每个人都拿到了自己的生肖剪纸。

听到孩子们连连道谢，丈夫禁不住露出了自豪的微笑。

期中考试后，我接到了女儿班主任的电话。首先得知，女儿的成绩，仍是中等。不过他说，有一件奇怪的事想告诉我，他从教三十年了，第一次遇见这种事。

语文试卷上有一道附加题：你最欣赏班里的哪位同学，请说出理由。除女儿之外，全班同学，竟然都写上了女儿的名字，理由也很多。班主任还说，很多同学建议，由她来担任班长。他感叹道：你这个女儿，虽说成绩一般，可为人实在很优秀啊。

我开玩笑地对女儿说：你快要成为英雄了。正在织围巾的女儿，歪着头想了想，认真地告诉我说，老师曾讲过一句格言：当英雄路过的时候，总要有人坐在路边鼓掌。

她轻轻地说：妈妈，我不想成为英雄，我想成为坐在路边鼓掌的人。我猛地一震，默默地打量着她。她安静地织着毛衣，淡粉的线，在竹针上缠缠绕绕，仿佛一寸一寸的光阴，在她的手里，吐出星星点点的花蕾。我心里竟是蓦地一暖。

那一刻，我忽然被这个不想成为英雄的女儿打动了。这世间有多少人，年少时渴望成为英雄，最终却成了烟火红尘里的平凡人，如果健康，如果快乐，如果没有违背自己的心意，我们的孩子，又何妨做一个善良的普通人。

（摘自《读者》2008年第8期）

家有小学生

刀尔登

　　我家的三年级小学生下课回来，眉飞色舞地报告："今天我们班选三好学生，有三个人选我哩。"

　　我心里想这样的傻瓜全国也不过四五个，居然有三个和你同班，也是一奇。但嘴里还是说："好小子！这儿是四块钱，一块钱是给你的，三块钱是给他们的。"

　　恰好一个朋友在我家做客，看到这个情景，脸一下子就绿了。儿子又拿出一张考试卷，挣到两块钱。朋友的眼睛鼓了出来。然后儿子下楼去玩，走时带上垃圾袋，又赚了五角钱。这时，我的朋友已经快昏过去了。等小学生一离开，他喘出一口气，语无伦次地说："你还不如把他送到孤儿院去。"

　　我们就这个问题讨论了一会儿。我承认我的教育方针未必得当，不过，我也不能接受他的办法。他的女儿是严格按照各种规范、守则、礼仪培养出来的，是远近闻名的小君子。有一次我到他家，小姑娘送上一盘水果，说："先生吃大的，园园吃小的。"我心里说："哦，这个小伪君子。"

我也研究过新版的《小学生日常行为规范》和《小学生守则》。那里面的内容真的很好，很全面。有些条目，如"不吸烟，不喝酒，不赌博，远离毒品"，我本来就没想起来，幸亏阅读了《规范》，才加到对儿子的教育内容中去。

有些条目我知道怎么实现，如"不逃学"，我可以用罚款的办法来促使他遵守；有些条目，会有别人用罚款的办法来促使他遵守，如"不在建筑物和文物古迹上涂抹刻画"。经过朋友的劝说，现在我承认罚款不是好办法，应该讲道理，如有一条是"在公共场所不拥挤，礼让他人"，对此我应该告诉他："你想被踩死吗？"这是非常有说服力的。

但确实有些事我不知道该怎么办。如《小学生日常行为规范》里面的"关心父母身体健康"，合乎古训，我非常希望儿子能做到，可怎么实现呢？我给他看过《二十四孝图》，他对鲤鱼跃出的故事有些兴趣，却说别的人物"变态"，我该怎么讲解？我的妻子感冒了，吃早饭时连打了四个喷嚏，儿子顿时乐不可支，我该批评他吗？

而父母最大的难处，任何《守则》或《规范》里面都没写。我们，与许多父母一样，既希望孩子能是个好人，又希望他有好的前程。也就是说，既希望他是个正直的人，又希望他在社会中成功。而以现在的情形，或可以预见的将来看，这多少有些矛盾。

上个月，儿子要我们"买荔枝，多多的"。他一向不喜欢荔枝，我和妻子自然要问是怎么回事。原来，他的班主任要过生日，而几天前，她曾偶尔谈到最喜欢的水果是荔枝。我非常不喜欢让孩子做这种事，老师过生日而学生讨好，这种事让我厌恶。但我们应该怎么指导他？

与此相类的事，以后还会有很多。成年人懂得分寸，懂得哪些事需要固守，哪些事可以通融，既可不失原则，也能保持人际关系的润滑，而孩子不可能理解这些。他一直不喜欢这位班主任，但我们并不能因此就要他什么也不送，那样直则直矣，危亦在其中也。我只好建议："估计你的班主任会收到大量的荔枝，所以，你也许该送点别的，比如……一盒庆大霉素？"这个主意没被采纳，最后他按照母亲的建议，送了一张卡片。

既不想让他长成个骗子，又不想让他成为与别人格格不入的"狷"者。《老子》里面讲的"方而不割，廉而不刿，直而不肆，光而不耀"，那是非常好的境界。不过但凡写进《老子》的，那肯定是做不到的事，何况对一个孩子！

我觉得他学到了好多虚伪的东西，却不知如何纠正。纠正而不趋于另一端，是很难的事。我不反对儿子学一点虚伪之术，不过我想，对此他将来也许会有非常多的机会。上小学三年级的时候，还是先学诚实比较好。

前几天我看到他写的作文，叫《国庆游记》，里面有大量的溢美之词，无论是对路旁的风光，还是对他自己的幸福感。而他描写的那个地方，我简直就没去过。他洋洋洒洒地写："拐过去我就看见了大瀑布，真是'飞流直下三千尺，疑是银河落九天'啊！"我也看见过那个所谓的"瀑布"，比我高一头，用来淋浴倒正好。而语文老师在这一行浓圈密点，批云："贴切！"我还能说什么？随他"直下三千尺"去吧。

我承认我的一些教育办法也不怎么样，但我有时"反着干"的理由只是想让孩子知道，除了正规的教育，世界上还有各种见解、各种行为。

也许这给三年级小学生出了太多的难题，所以我已经着手纠正自己，比如我不再给他"工资"和"奖金"。而对他已经积攒起来的过多的资金，也开始陆续清理：我和他打扑克，把他的钱一点点赢回来。

（摘自《读者》2005年第2期）

为了女儿，我决定考研

金玉龙

听说我要考研，街对面沙县小吃的老板问我："你都35岁了，在上海开个小饭店一家人过得挺好，还折腾什么？"我说了考研的原因，他沉默了一会儿，点点头说道："那我也考虑考虑这事。"

2005年，我从江西一所大专院校毕业，找了份推销报警器的工作，整整两个月，没卖出一件产品，只领到400元基本工资。之后5年，我辗转甘肃、浙江，换了十几份工作，受学历与能力所限，始终没能混出名堂。

在外闯荡失败，我来到上海长兴岛，接手爸妈的早餐店，一干就是8年，渐渐地，店里平均每月收入能有一两万元。毕业的13年间，除了偶尔过年回安徽老家，买本杂志打发路上的时间，我几乎没看过书。有了考研的想法后，我先去买了本考研英语历年试卷。

我的英语水平还停留在小学。那次一个小学生问我"car"是什么意思，我信誓旦旦地说是猫。等那小孩走了，我打电话问同学，才知道"car"是小汽车，"cat"才是猫，我暗自嘀咕，这英语单词有病吧，长这么像。

我只好拿着考研真题，认真地猜，有时10个选择题可以猜对两个，有时可以猜对五六个。我心想，原来考研是碰运气啊！可学了半年英语，还是只能猜对5个选择题，我有点儿慌了。

我急忙在网上购买了英语教学视频和书籍，一有时间就偷偷溜出去背单词。店里既卖早点又卖中餐和晚餐，每天要忙12个小时以上，溜不出去时，我只能见缝插针，把单词写在厨房墙上，边洗碗边背，或者包饺子时看视频，扫地时听音频，有时在店里学到晚上11点，第二天早上4点还要爬起来卖早点。

要不是为了女儿，我也不至于如此拼命。忙碌的日子里，我几次想写一篇"被女儿毁了下半生"的文章。刚上小学的女儿小雅听了，哭哭啼啼地说："我没有毁了你。"我哄她说："我写别的小孩毁了我吧。"小雅思索了一会儿，摇头晃脑地表示否定："那还是说我毁了你比较好。"

距离考试越来越近，压力也越来越大。有天晚上，我突然梦见考试时间就要到了，可我怎么也找不到考场，急得满头是汗。从那之后，我经常梦到类似的场景，有时是忘带准考证，有时是坐错车，总之没有一次能成功进入考场。

离考试还有78天时，我躺在床上无法入睡，脑袋里像是装了炸药，身体又像要起飞，折磨得我几近崩溃。老婆和女儿都睡了，我去卫生间抽了根烟。生意和学习不可兼顾，我想中止在店里的工作，去考研机构复习，又想到老婆一个人没法照顾生意，若我去考研机构，只能暂时关店，我有些舍不得。

烟抽完了，我回到卧室，推了推老婆小声说："我想去考研机构。"老婆突然大声骂道："老三，你到底睡不睡觉。"我悄悄爬上床，插上耳机，听着考研英语听力，怎么也睡不着。

第二天，我又和老婆提起这事，她竟然没心没肺地同意了。早餐店关了后，我踏上了去北京的列车。

10月，北京的风有些凉了，舍友问我："为什么不去上海的考研机构？"我说："因为离家太近，怕受干扰。"他们得知我的年龄和考研原因，纷纷竖起大拇指。我的自信心前所未有地膨胀。

我非常喜欢学校的氛围，每天心无旁骛地学到夜里一点半。学校在八达岭长城边的一个废弃技校里，晚上星星特别亮，舍友说那7颗最亮的是北斗星，7颗星排成一条直线就代表过年了。我想那时成绩应该已经出来了，我一定可以考上：如果这么拼都考不上，那大学还要谁啊？

很快到了考试那天，看到写着"硕士研究生考试"的试卷，我觉得长期困扰我的噩梦总算结束了。我奋笔疾书，把试卷写得特别满，监考老师说："这个考场大概就你可以考上。"

两个月的房租、学费、生活费加在一起有三四万元，虽然手头的积蓄可以负担这笔钱，但家里不开店，也就没了收入。考研结束，我立刻回到上海开店。

焦急地等待了一个月，成绩下来了。我的总分超过前一年的国家线20分，英语和政治分别差了1分和2分。国家线每年都会微调，我们全家经常祈祷国家线能下降几分。有一天小雅跪在床上，大喊："求求你了老天爷，让爸爸考上吧！"

我每天都要查很多次分数线。那天下午，老婆送小雅去跳拉丁舞，到店里拿衣服，我对她说："国家线出来了，涨了两分，没戏了。"老婆看我表情不是很痛苦，还笑着问："是不是真的？"我没理她，转身进店去给客人炒菜。

　　成绩离调剂到西部的大学只差1分，我睁着眼挨了一整夜。一次考研已经损失了几万块钱，可如果不继续考下去，我的计划将全盘失败。

　　第二天一大早，我又买了考研视频，准备再拼一年。

　　听说我还要考，我奶奶打电话来问："店里房租一个月3000元，再关店你们怎么生活？"我妈也打电话责怪："该念书时你不念，现在又要念，你这孩子。"吓得我不敢再跟她们二位联系。

　　家人不理解我的选择，考研机构熬夜打游戏的室友也差点将我击垮。宿舍来的新同学，每天白天睡觉，晚上打游戏，不让关灯，还边玩边喊："向前，向前，捡起来！"

　　我每天仅剩的5个小时睡眠时间，也被他搅乱。想到自己快40岁了，还像小学生一样闹矛盾，有些不好意思。我坚持了近一个月，一直没提出换宿舍，直到最后挺不住了，才跟老师说了这件事。

　　搬到另一个宿舍后，又有同学跟我说："大哥，你睡觉打呼噜，我睡不着。"我心想完蛋了，他们还是20来岁的孩子，要是休息不好可怎么办？

　　我只能每天等大家睡熟了再睡，这样他们就听不见我打呼噜的声音了。睡眠时间再度被压缩，我几乎是吊着一口气硬撑着。后来那位同学说："大哥你好像不打呼噜了。"我还笑着回答："我能忍住。"

　　就这样在煎熬中度过了116天，初试通过。2019年，复试结果下来，我居然真的考上了河北一所大学的研究生。拿到录取通知书那一刻，我知道女儿的未来有着落了。

　　10年前，老婆生女儿时难产，医生说，女儿有可能是脑瘫。我抱着最坏的打算将她养大，没想到女儿十分聪明懂事，和人说话从不怯场，还两次被选为班长。

几年前，有客人到店里吃饭时说："我女儿要像你女儿一样聪明，我就好好培养。"

我心想，怎么才叫好好培养呢？很早之前，我在杂志上看过一篇名为《我奋斗了18年，才和你坐在一起喝咖啡》的文章，这篇文章一直影响着我。想想自己奋斗了十几年，还从来不敢去星巴克喝咖啡，我的女儿要怎样才能和别的孩子站在同一起跑线上呢？

为此，我决定无论如何，要让女儿在上海接受更好的教育。

让女儿进入幼儿园是第一关，在长兴岛上幼儿园不算特别困难，只需要缴纳社保，办好暂住证，再按规定租住一间大房子即可。但女儿要想在上海读中学，继而参加高考，必须攒够120个积分。积分对学历、工作、社保都有要求，每缴一年社保，能积3分。考研前，我已在上海缴了几年社保，要想快速获得积分，只能从学历下手。如果获得硕士研究生学位，可以一次性得到100分。

老一辈人不懂如今教育竞争的激烈。父亲曾问我，周围人的孩子都在读小学四五年级时回到老家，让小雅回去读书不也一样吗？我没法跟他解释，老家高考竞争压力大，在上海参加高考才更容易。我想让女儿的人生轻松一点，更重要的是，我想让她看见更大的世界。

我没告诉长辈们考研的真实目的，独自铆着劲儿考了两年，最终考上了。旁边沙县小吃的店主知道还有这种方式能获得积分，也琢磨起考研这条路。

近两年，早餐店生意不太好做，挣钱越来越难。为专心读研，研究生开学前，我干脆把上海的店转卖，将女儿和老婆带到河北一起生活，让女儿在我们学校的附属小学读书。

研究生的功课并不容易。刚开始，老师让我们做PPT上台讲解作业。

看着同学们精美的 PPT，我恨不得找个地缝钻进去，上台时脸憋得通红，生怕让同学知道我以前是个厨师。

学校规定，要想毕业至少要在省级刊物上发表两篇文章，我看着别人的论文，都不知道他们在说什么。上次老师叫我们写1万字的文献综述，我愁了十几天，给老师发邮件说："还是开饭店轻松。"

还有很难听懂的计算机课，十几年前上学时就没学好，现在基本全忘了。我只能坐在第一排，上课时用手机录视频，晚上回家再一遍遍对着回放练习。

好在女儿的学校就在旁边，我们基本能同时放学。她背着一个破书包，我也背着个破书包，我们一起在食堂吃饭，一起在宿舍睡觉，她睡床上，我趴在桌子上。

唯独每周有一节晚课，来不及把女儿送回家，只好将她带到班上一起听课。老师很宽容，半开玩笑地说："让她提前接受研究生教育也好。"班上的女生都说我是模范父亲，我让女儿挨个叫姐姐，把她们逗得哈哈大笑。

可惜突如其来的疫情又将计划打乱，原本开学后我就能跟着老师好好上课，寒暑假时再打些零工维持生计。疫情期间，打零工也很难，经济来源彻底断了，我只好先停缴上海的社保，一年2万多元，我真的负担不起。

这段时间，我时常会想起刚到河北时看的那部《夏洛特烦恼》。看电影时我就在想，要是能回到十几岁，该怎样改变人生？读研像一个时空隧道，让我再次来到人生的分岔口。人生无法重来，但只要我拿到文凭，女儿就可以拥有更多选择的机会。

现在，为了把女儿带回上海，我又有了考博士的想法，这样可以稳妥得到110个积分，女儿也能上个更好的学校。

我跟同学说想考复旦大学的博士，他们笑得前仰后合。其实我自己都觉得不可思议，每个人都在问我："就算能考上，等你读完都快50岁了，你还能干吗？"

还能干吗我也不知道，我只想把女儿带回上海，让她喝一杯星巴克的咖啡。

（摘自《读者》2020年第22期）

对儿子的投资教育

陈 冰

一

霄霄读小学四年级时，就对股市曲线图很感兴趣，他问我："妈妈，为什么这个线一会儿上去，一会儿又下来了？"

那是2011年，霄霄在学校有一堂课，叫"儿童经济学"，老师会给孩子们讲货币的起源，也讲股票和投资。

这年圣诞节，我对霄霄说："妈妈送你一个圣诞礼物——1万元的本金，你可以告诉妈妈，你想买什么公司的股票，妈妈帮你操作。赚的钱都给你当零花钱，亏的钱由妈妈来承担。"他很开心。

霄霄让我买的第一只股票是腾讯。他们小学生经常用 QQ 聊天，玩

QQ 游戏。我觉得腾讯应该做得不错，能让这么小的孩子忠诚于它。事实证明，我们的判断是对的。几年来，腾讯的股价一路飞涨，儿子因为这次投资，获得了收益。

我对霄霄说："妈妈要感谢你，因为你，我也买了腾讯的股票。"

儿子的股票投资，整体上都是赚钱的，因为他投的都是自己"熟悉"的公司。

二

高一那年，霄霄快过生日时，对我说想换一台2万多元的电脑，这样玩游戏不卡顿。

在给孩子钱这件事上，我是比较严格的——一星期给他500元生活费，只够他在学校吃午餐，买水和零食。

2万元不是个小数目，霄霄一心想换电脑。他给了我一份简易的"项目计划书"：第一，先问我借一些本钱，然后继续投资股票，用盈利还我；第二，为了加大股票投资的本金，他放弃了午餐，把每周500元的午餐钱和零用钱，压缩到每季度500元。

关于"不吃午饭"这一点，我也心疼他，但还是选择尊重他的决定。

一开始，我会给他带三明治、水果、鸡蛋，但过了几天他就不肯带了，因为他觉得男孩子中午不吃饭是一件很酷的事，但吃家里带的就不酷了。

即使这样，钱还是不够买电脑。他说："妈妈，你可不可以再借我一点本钱，我放到股票里去。"

我笑着说："可以，但你要付利息，起码要付商业银行的利息。"最后，我们是按5%算的——这利率挺高了。

从这时候开始，霄霄对投资有了"求胜之心"。我知道，他的投资心态已经失衡了。

没过几天，霄霄就跑来问我："妈妈，我想买一个星期能涨20%的股票，你给我推荐一只吧。"

我一听就知道他在想什么。我说："没有这样的公司，我见过很多案例，所有想赚快钱的人，最后基本都以亏钱收场。你买一只股票，就是投资一家公司。人要慢慢长大，公司也需要时间成长，哪能有爆发性的增长？想要一个星期赚20%，几乎是不可能的。"

在我这里行不通，他就自己上网找。

网上有前一天涨幅最大的股票排行榜，有些港股一天内可能涨50%～60%。他从上往下扫了一眼说："那我就买第一个。"

我有点急了，说："很多排名第一、涨幅特别大的股票都是'仙股'，比如从1分钱涨到1.5分钱，就是涨了50%。你不能光看股价，还要看成交量。这种股票一般都没什么成交量，你买进也卖不出去，而且可能是庄家在炒作，你不知道他什么时候就撤了，多半要亏钱。"

他听了也有点害怕，但还是想尝试。我跟他说："你可以去看看一家在美国上市的加拿大药业公司，他们公司的股价波动非常大，很多全球知名的对冲基金都在里面。"

我给他推荐的这家药业公司，确实是北美一家著名药品连锁企业，我以前投资过它，但现在不持有了。因为我发现，它的很多涨跌都跟基本面无关，里面有太多的炒作盘，我不想赚这个钱。

在市场上，各个地方都可能赚到钱，但我们没那个本事，去猜测庄家怎么炒作，只能老老实实、本本分分地去做价值投资——分析公司，看它的成长性、盈利增长、团队管理，等等。这样做也许回报很慢，但心里踏实。

看霄霄对这家药业公司很感兴趣，我继续说："它确实符合你的要求，这家公司的股价经常一天上下浮动20%～30%，波动很大。"

他很高兴，观察了一段时间。股票价格到过200多元，后来又跌到50元，接着又有很多知名对冲基金进场，它的股价又涨到110元左右。

霄霄把这只股票最近的股价看了一遍，近期最低的股价是85元。他说："妈妈，到85元左右，我再买进。"

他还挺有耐心，等了一阵子，想要抄底。

一段时间后，我看股价确实跌到85元，我就帮他买进了。没过多久，股票就涨到100元左右，我问儿子要不要卖，他说不要，因为他要一次多赚点，把债务都还清。

这只股票上下起伏很大，后来不断下跌，从80多元，到70多元，60多元，紧接着很多负面新闻出来，说公司CEO被撤了，还被查出做假账。

我查了一下，发现这家公司做了很多并购，炒作股价。这些并非它自身能力的成长所致，股价迟早要跌回去。

眼看股价一路下跌，霄霄特别沮丧，这回非但没赚到钱，还亏了。一开始，他还存有侥幸心理，以为股价会涨回去，结果越跌越多。

跌到50多元时，我跟他说这家公司是有问题的：CEO辞职，财报一直不公布，审计师也辞职了。

霄霄特别难受，但要做"割肉"的决定，是很艰难的。

有一天，他突然对我说："妈妈，你帮我把那只股票卖掉吧。就像你说的，如果这家公司真的不好了，可能越等结果越差，还不如换一家公司。"

我听他这么说，又惊又喜，连忙说："投资不能只看沉没成本，你现在要看在这个点上，这只股票和另一只股票，哪一只的成长空间更大。"

霄霄听了，默默地点头。看到他沮丧的神情，我心疼得想流泪。

我帮他把这只股票卖掉，换成一家芯片公司的股票。

霄霄说自己电脑的显卡就是这个品牌，而且这家公司马上会有新品。后来，这只股票果然涨了很多。

有一天，他说："妈妈，你以后每个星期六都给我讲一个小时有关投资的事吧。"

我很开心，一口答应。我开始从银行的体系、不同银行的商业模式，慢慢讲到怎么看大的赛道，怎么看公司、看团队。

我尽可能多地和他分享。日积月累，他慢慢搭建起自己的认识框架和体系。

三

2019年，霄霄上了大学。为了激励他，我计划在他大学四年期间，每年给他1万美元做投资本金，如果年化收益率超过10%，第二年我会再追加1万美元的本金；如果他没有达到，我就不能增加。

我对霄霄说："所有本金是妈妈的，收益归你。如果大学四年，你能把平均年化收益率做到15%以上，本金和收益全部归你。"

他一听，立刻有了动力，想要马上执行。我说："你去起草一份协议，我们俩签字。"

起草协议时，他把方方面面的细节都想到了，每一条都仔细斟酌，细化到具体的时间。协议一式两份，我们各保留一份。

他对我说，准备买两家公司的股票，一个是高成长、高波动型的，还有一个是稳健型、波动比较少的。我想，这配置还挺合理。

四

一个周五的夜晚，霄霄非常兴奋，像发现了新大陆似地对我说："妈妈，我有一个初中时的好朋友，他爸爸所在的企业马上要做一项并购，去买澳大利亚的一家云服务公司。他们的股票会涨50%，甚至更多。我现在买进，到时候听朋友的指令退出，肯定能大赚一笔。"

我听他讲完，说："你的好兄弟肯定是想要你赚钱的，但很多事会超出他的预期。别说他爸爸了，即便公司的老板，有时也没办法控制结果。如果是我，我不会买这只股票。"

他很激动，问我："为什么？"

我说："第一，这家企业去买一家云服务公司，业务根本不相关。如果是为了炒作股价，那么，我认为他们动机不纯，股价即便被炒起来最后也会跌回去。"

他反驳我："管它最后怎么样，只要涨了，我就能赚一笔啊！"

我说："是有这种可能性。但其中也有无法控制的部分，比如对方公司不愿意卖，或者证监会没有通过审批。并不是一切都在你的掌握中。我不想赚交易的钱，只想赚公司价值的钱，我会坚守自己的原则。"

他和我争论到晚上，最后我说："妈妈的意见供你参考，你若真的决定做，就自己承担后果。但妈妈给你一个建议，最多拿出30%，万一亏了，你还有翻身的机会。"

我能感受到他很纠结。他想说服我，更想说服自己。这么多年受我的投资观念影响，这次他不知道要不要违背一直以来的价值观。

正好周末不开盘，他有两天时间考虑。

星期一，那只股票果然涨了10%，涨停板。

我想，儿子肯定觉得这个更靠谱了，但我没去问他。我做投资这么久，知道如果没有亲自吃过亏，流过血，是得不到教训的。

星期一我没问他，星期二晚上吃饭时，他对我说："妈妈，我放弃了。"

这一天，这只股票仍然在上涨。我惊讶地问他："你昨天也没有买吗？"他说："妈妈，我仔细想了想，你讲的是对的。这家公司如果不是好公司，我也不知道它什么时候会出事。就算我在这只股票上赚了钱，这种赚钱的能力，也不能在以后的投资中去复制。我的能力没有积累，只是凭好运气。我还得整天提心吊胆，心里不踏实。"

听到儿子这样说，我感动得要哭了。

我说："儿子，妈妈特别高兴，这不只是投资一只股票，而是你整个的价值观。以后你会面临各种各样的选择，不一定是买股票，可能是你的事业、婚姻、家庭。你不看短期，不投机取巧，而是注重价值投资和自身能力的积累，妈妈很欣慰。"

这只股票还在上涨的过程中，对投资者来说，诱惑是巨大的。在这样的情况下还能选择放弃，更加难能可贵。

最终，不出所料，这只股票又跌回去了。

五

这么多年来，我一直喜欢做投资，投资就是我修行的道场。

我给公司定下的信条是："让财富与智慧生生不息。"财富需要传承，但仅传承财富是不够的，还要传承财富背后的生命智慧。

2020年9月中旬，我从香港回到内地，发现内地很不一样——大家的幸福感很强，创业的年轻人满怀希望。

一个社会，今天看的是经济，明天看的是科技，后天看的是教育。

如果企业家能把赚来的财富投到科技和教育中，对企业家来说，就是一个很好的归宿。这样，财富和智慧就能生生不息。

（摘自《读者》2021年第3期）

母爱的自省

赵翼如

英国某家报纸曾给读者出了个讨论题：这世界的问题，出在哪里？

最简短的是作家切斯特顿平静地回答——"亲爱的先生们，在我。"

就这几个字。一针扎准了痛穴。

有一年全国两会期间，一个小学生发表了一封公开信：《我没有童年》。

在一片对"外因"的讨伐声中，我周围却有一拨妈妈，以敢让自己触礁的勇气，站出来说——"对不起孩子们，在我。"

中国的文化里，缺乏足够的自省力。如果一切都是体制之过，那么，构建这体制的人到哪里去了？

对童年的亏欠，谁来说一声"对不起"？

临近母亲节，有妈妈在写"病了的母爱"。

不用说，天底下最疼孩子的是妈妈。可今天的妈妈，知道孩子哪儿疼吗？

忽然听见孩子们背地里扎堆喊"疼"。

"父母皆祸害"——是某个网络论坛发出的痛陈之声。参与这个论坛的孩子，一下子冒出来好几万！一幅题为《母爱》的漫画：妈妈伸出手臂抱住孩子，怎么爱他都不够，干脆化身千手观音——无数臂膀环绕起爱的暖兜。孩子如同掉进蛛网，挣扎不得。

病了吗，母爱？

母爱，本应是温暖传递的一环。从前说起母爱，人们容易想到棉花。感受布衣的柔软，感觉棉被的慈祥。你会看见门口遮荫的老树，灶里烧煮的南瓜。母爱，把人安顿得很平和。

从前的妈妈，像一个自然形成的村落，有植物的滋润气息，鲜亮、清香。檐下一兜兰卓、木盆、农具……萝卜青菜也好，歪瓜裂枣也罢，都是大地的孩子，一个也不会被忽略。可城市化的进程，把村落变成了大厦。妈妈住到楼里，空旷的客厅，水晶吊灯缺少温度。院子的栅栏，围着些奇花异树。无名草木似乎消失了一般。

如今母爱的流行模式之一，是横刀立马的"中国虎妈"，举着儿女第一的记分牌。

爱默生说过，成功，如流感一样，是一种侵袭所有体质的疾病。

病了的母爱，感染了一种"病毒"——迷失于数字化的伪成功。忘记了数字背后的孩子，忘记了——你的孩子只有一个童年。

病了的母爱，有火烧火燎的倾向，对孩子过度介入的趋势。妈妈在分数竞争中奋力参与，脚步是匆忙的，目光是焦虑的，身影是慌张的。很有点刹不住车似的失控感，好像一松手就出局了……

据一项调查显示，现在百分之三十的妈妈，将自我价值建立在孩子的成败上。比如"直升机"妈妈——一种新类型的母爱：妈妈像直升机一样，时刻在孩子周围盘旋。通常"头上顶雷脚下带火，功架到位身手利索"，会突然从空中俯冲而下，解决孩子的问题。还有所谓"护墙型"妈妈，"套娃式"妈妈……

"祸害"一词，同样触疼了许多妈妈。孩子感觉到疼，妈妈却弄不清疼的来处。

这是一个疼痛的"链接"——妈妈也感觉到不间断的疼，真说不清，有多少伤疤纵横在心。孩子或许是你最大的快乐之源，也可能成为你最大的疼痛之根。

对妈妈来说，孩子的生存前景和生命需要之间太难平衡。

中国很少有人知道，美国现在最具特色的高等学府，有着世界上最破旧的学校大门。门槛却比哈佛、耶鲁大学还高——这就是深泉学院。

我儿子学校有个同学，打算放弃哈佛、耶鲁大学，去这个优秀学生的乌托邦。

瓦尔登湖边，似乎出现了新一代的梭罗。

深泉学院的创办人卢西恩认为：物质世界充满罪恶，真正的人要倾听荒漠。沙漠有一种深沉的人格，如果你专注地侧耳倾听，就能捕捉到它的声音；如果你正为物质奔忙争斗，那么就听不到。

以分数来衡量成功的单一标准，很容易忽略孩子的心灵成长——那种施予爱和同情他人的能力，对美和快乐传递的能力……而这一切才构筑了成功的精神维度！

有次和友人一夜长谈，问及她可打算要孩子，她竟然脱口道：这年头哪敢要孩子？不是说养不起，而是——你扛得起一个生命的成长之疼吗？

世界从来没像今天这么多变，妈妈从来也没像今天这么难当！

被称为"世界第一女记者"的法拉奇，"穿梭于人类敌对行为的硝烟之间"，几乎成了勇敢与正义的象征，有一天她发现自己怀孕了，顿时变得十分脆弱，"仿佛一颗子弹击中了我，我向自己提出了这样可怕的问题：你是否愿意来到这个世界上？是不是有一天你会带着责备冲我哭喊：为什么要把我带到这个世界上来？"

希拉里干脆引用一句非洲谚语：养育一个孩子，要举全村之力。她说如果你想在美国任何地方打开愧疚的闸门，那就谈孩子教育吧，这话题能把我们很多矛盾的感情引发出来。

我亲历过一个母亲的酸甜苦辣，在求助的漫长过程中，明白了得病的不只是孩子，更是妈妈自己——

每个人都有自身的黑夜。早就有人指出了"我们身上的鬼"，那就是"人在人上"。

细观妈妈们的内心，大都有"鬼"：太渴望孩子成功。这本来也正常，该质疑的是成功的定义，仅仅是高分、高薪、高人一头吗？

某些"祸害"，是不是这"鬼"闹的？成功学大行其道，病了的母爱，是不是隐形推手？

记得有一天，和我斗气的儿子扔过来一句话，硬邦邦地砸疼了我：听说过吗？有一种毒药叫成功！

毒药？

毒着呢，它逼你交出整个童年。

难道你不想成功？

假如我对自由的向往，超过对成功的渴望呢？假如我只是一辆自行车，你为什么指望我成为一列火车？与其变成气喘吁吁的火车，还不如做慢慢滑行的单车，至少我是快乐的。

如今一些女孩，不是宁可坐在宝马车里哭？

嗨！成功是人一辈子的毒，戒也难的。我单车单骑可以吧，自己运送自己可以吧。都做人上人，谁做人中人？

我后脖一阵发凉。

惊讶于卡夫卡的洞见：以睿智的目光重新打量生活道路，可看到最坏的事情，并非识破显而易见的恶行，而是看穿那些曾经认为是善的行为。

眼前闪过市场热销的《成功学》《名人堂》……哈佛大学一位财政专家算了另一笔账：如果要用市场营销的方式让孩子在小学、中学、大学等都取得名次，可太不简单。如此下来，就是经销他们的灵魂，这会摧毁他们整个人生的意义。

由此看到孩子内心的艰难处境。那疼，不是踢球受伤的疼，而是他们目光中的硬，身体上的紧，童年的缺失……

史铁生一再说到心魂的黑夜：写作……是探访心魂的黑夜。

真正的拷问，在于能否撕开自身黑夜，承认心里有"鬼"，并对孩子说出生命真相。

今天缺少的，不是虎妈，而是更多的正常母亲。

（摘自《读者》2013年第14期）

被安排的孩子们

张 鸣

　　无论走到哪里，都会发现一些被安排的孩子。这样的孩子，家境都不错，老爸或者老妈大抵有本事。这样人家的孩子，从一出生，就被安排好了一切，幼儿园、小学、中学，如果考大学，专业肯定是家长选的。如果出国，一切也由家长定。有更夸张的，三岁四岁，就给安排成了公务员，长大之后，绝不担心找不到工作。没这样夸张的，大学或者研究生毕业，家长肯定也给找好了工作。当然，找的时候，一般不问孩子的意愿，只看社会的评价。工作安排好了，接下来就是安排配偶。到了这个阶段，多少会顾及一下孩子的想法，但安排相亲，必须听老爸老妈的，一个一个相下来，总得有一个成了东床佳婿或者佳媳。自然，房子早就给买好了，剩下的事就是结婚生子，连结婚仪式甚至孩子满月酒，都是老爸老妈安排停当。可以想象，这样的孩子，一辈子都给家长安排了，一旦到了家长不行了，孩子也步入中年了，即使想要自主，也心有余而力不足了。

一辈子被家长安排的孩子，也有反抗的，反抗成功，也有能自己飞出去的，有的还小有成就。但是，绝大多数都是试图反抗而不成，挣扎一下，发现外面的世界还挺残酷，自己的翅膀又很软，只好乖乖回到父母的怀抱里。也有的孩子，干脆不想反抗，很享受地接受父母的安排，有时候还不时地炫耀一下，炫耀父母给予他们的一切。被安排的孩子，彼此碰到了，还要比拼比拼，从皮鞋到挎包，从汽车到房子。

一辈子，或者一辈子的多数时间，都被家长安排了，等于是一辈子都是家长替他们活了。一辈子没有过自己的意愿，自己的想法，就是有，也没有用，得老老实实按照父母设计的路线图，亦步亦趋。时间长了，连想法都没有了。这样的孩子，看起来很幸福，但实际上很不幸。他们的一生，无非是父母的复制品，或者父母意愿的实践者。就一个生命个体而言，他们等于是行尸走肉，一个吃好喝好，生活优裕的行尸走肉。

很多中国的家长，都想这样安排自己的孩子。不能这样安排，仅仅是因为自己的财力不够，权势不大。没有办法，才让孩子自己去奔。而多数中国的孩子，也习惯于接受这样的安排。每逢高考咨询，都看见一群群的家长，像没头苍蝇一样到处奔走打听，结果却让自己考得很好的孩子报考了一些明显是忽悠人的专业，而孩子，只是听从安排而已。一直读到大四，还不知道自己为何要读这个专业。现在，这样的咨询，已经扩大到了幼升小、小升初、中考，当然还有出国留学。

似乎，在我们富有爱心的家长们眼里，孩子根本就不是人，没有独立的意志和意愿。有能力，就一辈子给孩子安排好，没能力，也安排一半。从来不考虑培养孩子的独立、自立精神和能力，开发孩子的兴趣和潜能，让孩子自己去飞，飞出一个广阔的天地。而是拼了命用自己的翅膀，尽可能把孩子像小鸡一样，拢到自己的怀里，恨不得让他们一辈子都不断奶，做自己怀里的小乖乖，方才称心如意。

我知道，我们每对夫妻只有一个孩子，没人想有个闪失。但是，在这个世界上，做任何事，在任何情形下，都会有风险。每个孩子都是有别于父母的独立生命，让他们有自己的生活，是父母的义务。替孩子活一辈子，看起来富有爱心，实际上是对孩子的戕害，以爱为名的戕害。

（摘自《读者》2012年第12期）

儿子的礼物

琦 君

  一位好友的女儿，寄来她在报上发表的一篇文章给我看。内容是写她十几岁的儿子在幼年时亲手雕了一对烛台送给她，做母亲的当然是万分珍爱。儿子渐渐长大了，有一天，他发脾气，顺手拿起一只烛台扔向母亲。母亲于吃惊与盛怒之下，拾起地上的烛台，竟连同柜子上的另一只一起扔进垃圾桶。儿子怔在那里，怨怒的眼神仿佛在说："你扔吧，给你的东西，你爱怎么扔就怎么扔。"第二天一早，她后悔了，去垃圾桶边想把烛台拾回来，却已被清洁工收拾走了。

  她心头感到无比的刺痛，尤其是想起儿子当时雕刻的那番心意和所花的工夫。她叹息道："为什么美好的东西，总是在失去之后才觉得格外可爱？"

  看着她的文章，我止不住泪水涔涔而下。我感触于母心之苦涩，也悔恨自己既不是一个孝顺体贴的女儿，又不曾扮演好母亲的角色。如今垂暮之年，任纵横老泪也冲不去心头的伤痛。

　　和作者一样，我也有一件儿子送的礼物，那是他在童年时用火柴棒搭起来的立体"快乐"二字。那真是玲珑剔透、巧夺天工。我是那么珍惜它，把它放在玻璃橱最妥帖最显眼的地方。年复一年，火柴棒的红蒂头褪色，骨架因胶水渐渐脱落而松散了，它已不能竖起放，我只好把它小心地收在一只盒子里。几度搬迁，我总是小心地带着它。现在，它就放在床边书架上，我常常端起盒子细看，真不能相信这是儿子的杰作。悠悠二十年岁月的痕迹，都刻在那一根根带有微尘的暗淡火柴棒上，而它所给予我的是一份诚挚的"快乐"。我心里有太多的感激，也有太多的感慨。

　　记得那个深夜，他把房门关得紧紧的，亮着灯不睡。我以为他在偷看从摊上借来的脏兮兮的"小人书"，几次敲门催他睡，他只是不理，我气得一夜未睡好。次日早晨他上学了，却见书桌上端端正正摆着这件精致的手工，边上一张卡片上写着："妈妈，给你快乐。"我的感动无法名状，我真是快乐了好多时日啊！

　　他渐渐长大了，我们母子时有争吵，他曾愤怒地出走，数日不归，我守着虚掩的大门，通宵达旦，看着"快乐"二字泫然而泣。固然儿子并没像这位朋友的孩子那样，拿起自己做的手工扔向我，但他对我珍惜这件礼物所表现的无动于衷，却使我心酸。每次央求他修补一下火柴棒的骨架，他总是漫不经心地一再拖延。我了解这是无法勉强的，时光不会倒流，童稚亲情不复可得。儿子成人了，我已老了。当年母亲说得对，"一代归一代，茄子拔掉种芥菜"，母亲那时已知代沟无法逾越了。

　　我再想想这篇文章的作者，我是看着她长大的。她在初中时，每周两次放学后，带了两个弟弟，背着书包到我家来读古文。他们专注的神情都还在眼前，一下子他们也将近中年了。她现在是两个孩子的母亲，也尝到了做母亲的滋味。但在给我的信中，她仍幽默地说："母亲来时，总是事事看我不顺眼。"这就是两代的不同吧。

其实在我心目中，她母亲是个新派人物，对子女的教育极为开明，不像我对儿子的管教是一个钉子一个眼，无怪会引起他的反感了。

几年前，她和双亲同来我家小聚，她的娴静、深思和谈吐的优雅，总使我想起她少女时代的无忧神情，怎么她今天也会为母子偶然的冲突而恼怒呢？

她在文章结尾时说："希望儿子成长为一个有用而快乐的人。"足见母心尽管苦涩，却是永远满怀希望的。

她道出了天下父母心，也给了我一份温暖与启示。

我也不再为儿子送我的那一对骨架松散的"快乐"二字而感触万千了。

（摘自《读者》2014年第14期）

母亲的园子

颜　歌

一

　　二十多年过去了，邱娅回想起儿子秋实被确诊为自闭症之前的那几年，感觉已经遥远得像一个梦：是的，他们是那么疲劳而迷茫；是的，他们是那样担心秋实是否有这样那样的问题；是的，他们不惜一切地想要让秋实成为一个"规范的孩子"——好在，他们还能随时听到秋实的歌声。

　　不论到了什么地方，一听到音乐声，邱娅总能想起年幼的秋实鼓着小脸唱歌的样子。不管是多难的歌，秋实听一听就会了，张开嘴就能唱出来，吐字清楚、声音洪亮。

　　"他很乖，很会唱歌，不像个有问题的孩子啊。"她还记得第一次听到"自闭症"这三个字的时候，她难以置信地去问医生。

医生说："这个问题是一种神经系统失调导致的发育障碍，现在没什么办法医治，也不能吃药。"那是1994年，秋实7岁，刚刚上小学，邱娅带着他从华西医院走出来，马路上人声鼎沸。

邱娅知道，从那一天起，秋实不再是小神童或者小歌星了——他确凿无误地成了一个特殊的孩子，而她自己必须成为一个更不一般的母亲。

二

那一年，秋实才上小学，这本来草木风华的世界对他而言却变得格外狰狞。老师们说："这个孩子你们送到别的地方去吧，留在这拖后腿，全班的平均成绩都要降一降，我们怎么交差啊？"其他的孩子更是把他当成了受气包，下课了或放学以后，蜂拥跟在他后面，笑他、骂他，甚至扔东西打他。

邱娅把苦水往肚子里咽。"不能把秋实送到特殊教育学校去，把他送到那去，跟养个小动物有什么区别？他是人，虽然特殊一点，却是一个普通的人。"她坚信这一点。

她和丈夫到学校去，一次次跟老师沟通，解释秋实的情况，并做出各种保证。终于，秋实留在了普通的小学里，和其他普通的孩子一起学习。

那一年，为了给秋实治病，邱娅请了一个音乐老师来教他弹琴。他们惊喜地发现，秋实坐到钢琴前面，抬起手来，就像回到了童年。他随着音乐，跟着节奏，移动着双手，像天才一般。

"这孩子弹琴太有天分了！"音乐老师赞叹道。长期以来，在他们的生活里，终于闪现出一点亮光。

"不管怎样，都要让秋实好好学琴。"邱娅做了决定。

就这样，秋实过上了双重的生活：在学校里，他是个孤独迟钝的学生，坐在课堂上，站在操场边，像个永远无法融入集体的局外人；在家，坐到钢琴前面，他成了一个神采飞扬的宠儿，他欢笑着，弹奏着，沉浸在自己的小世界里。

当然了，不管在哪里，都有母亲为他护航。学校的功课母亲和他一起学，一遍遍，一次次，翻过来倒过去地教他——他往往只能硬记下来，换一个说法，又不会了。但是没关系，母亲说我们再来，总是可以学会的。在音乐的世界里，他也有跌跌撞撞的时候。那些写在书上、记在纸上的乐理知识真像天书一样，于是邱娅自己先看、先理解，嚼烂了、理顺了，再一点点"喂"给秋实。

这样的日子说起来似乎艰难，但每次邱娅回想起来总要忍不住露出微笑：因为他们相依相伴，他们既是母子，又是师生，更是战友。秋实从小学一点点读下来，竟然读到了毕业；弹琴就进步得更快了，学了4年，就考到了钢琴九级。

2001年，秋实小学毕业，邱娅抱着试一试的心态，带着他去四川省音乐学校考钢琴专业。秋实坐在教室里，弹了一首贝多芬的曲子——学校的老师又惊又喜，反过来责怪邱娅："这么优秀的孩子，你们家长怎么还说他有问题呢？这孩子太好了！我们一定要！"

邱娅笑着不说话，她心里既欣慰，又苦涩。14岁的秋实，长得高大结实，弹起钢琴来浑身就像在发光。只有邱娅才知道，秋实其实还是一个孩子，并且永远都会是一个孩子。

三

但是秋实必须走出去，不能成为一个被关在家里的人。邱娅太清楚这一点了。外面的世界就像个错综复杂的迷宫，有太多的陷阱，邱娅只能走在前面，一步步、一寸寸，前思后想，都替秋实考虑好。

比如怎么坐公共汽车：千万不能左看右看，也不能随便盯着人家看，更不能有不好的肢体动作，怎么开门，怎么坐，怎么让别人过路——这些再简单不过的事情却成了秋实必须攻克的难题。甚至包括上公共卫生间这样的事情，邱娅都要一遍遍仔仔细细地提醒儿子，有时候甚至严厉到不近情理。

她还清楚地记得，那时候秋实也就是十几岁，有一天跟她出去逛街，中途想上厕所。母子俩走了好久才找到一个公厕，秋实也是着急了，看也不看就一头冲进去，结果走错了厕所。卫生间里的几个女人一阵尖叫，秋实也被吓得退了出来，她自己更是脑子里"嗡"地一下，走上前去，狠狠地打了儿子一个耳光。那巴掌打得秋实整个人都晃了晃，泪水一下子涌了出来。路边的人不知道发生了什么，吃惊地看着他们。

邱娅知道其他人不可能理解，但她必须这么做。她必须用尽全力去打秋实这一巴掌，他只有痛，才能记住，才能不再犯同样的错误。

这么多年来，邱娅已经习惯了充当着他的眼睛、适应着他的世界，思考着常人不会思考的问题。

从小到大，秋实都是被欺负的对象，到了艺校中专班变本加厉。

班上有个特别调皮的女生，被叫作"大姐大"。有一天，"大姐大"伙同班上的一群人把秋实按在地上，拿着剪刀把秋实的头发"嚓嚓嚓"剪得乱七八糟。

　　班主任又气又怒，打电话把邱娅叫到了学校，不住地道歉，并把"大姐大"带到她面前，让她随便处置。

　　当时，秋实也在办公室里。邱娅永远都无法忘记他那时的样子：他站在角落里，低着头，头皮上青一坨、白一坨，像"文革"时候的阴阳头。她只觉得自己的嘴唇在颤抖，老师在旁边说："你看你看……太对不起了，你说要怎么办吧！这个学生，停课、处分、开除，都没问题！"

　　"大姐大"吓坏了，脸上全是眼泪，一句话都不敢说。就在这个时候，邱娅听到儿子说："算了吧，她也不是故意的……"满屋子的人都不敢相信自己的耳朵。秋实把头抬起来，脸上却是笑眯眯的，他慢慢地说："没事，不要罚她，她又不是故意的。"

　　那一天，邱娅不但原谅了那个剪掉儿子头发的女生，她还发现了秋实在她不知道的时候已经涅槃重生：他笑着，变得那么豁达。那一瞬间，她真的感觉到了秋实这孩子的"特殊"，他的确是个不一般的孩子，他的心里有太多我们无法理解的地方。

　　多少年来，邱娅忍着、看着、思考着、照顾着、教育着，一次次一遍遍，只希望秋实能学会坚强、容忍，在这个世界上过尽量普通的生活。

四

　　虽然在读书上学的路上磕磕绊绊，但在音乐的世界里，秋实却受到了上天的宠爱。秋实的琴声感动了同学和老师，也感动了很多其他的人。他去参加比赛，全国少年儿童艺术节、中日韩国际少儿艺术展示大赛、全国首届特殊艺术大赛……获奖无数。

　　秋实的名声随着他的音乐传了出去：他不但琴技卓越，并且还是一位患有自闭症的少年。全国上下各路媒体蜂拥而至，采访、表演、录节目，让母子俩应接不暇。

那些被他们的故事感动的人，被秋实的琴声打动的人，纷纷打来电话或登门拜访，希望能帮助这一家人。西南民族大学破格录取了秋实作为进修生。更有演艺公司的人表示，愿意包装秋实，请他去演出，帮他出名，甚至赚大钱。

邱娅不为所动。她想得很清楚：别人可以被你的故事感动一次、两次，但第三次呢？在电视上，她看到过太多身患残疾又有天分的孩子，每一次，人们都给予他们掌声、热泪，甚至捐款，但之后再无下文，只不过是昙花一现。用"自闭症钢琴家"的故事来包装秋实终究不是长久之计，而且，"我们不愿意去赚取别人的同情"，她平静地说。

秋实很争气。在民大读书的同时，就争取到了加拿大多伦多音乐学院的奖学金。一位热情的老师联系了邱娅，请她一定考虑带秋实去加拿大念音乐专业。"所有费用全免，而且，国外这边艺术氛围更浓，还有专门针对自闭症患者的治疗机构。"这位老师在电话里说。这一次，邱娅真的动心了。她认认真真想了十几天，并且和家人、朋友、领导商量，让她更加感动的是，所有的人都支持她，并且热心地给她提供各种帮助：帮她筹集路费，给她找到了一个加拿大的工作机会，单位允许她办理停薪留职。

邱娅的心跳了起来。只要她愿意和秋实去加拿大，陪他学音乐，陪他演出，照料他，支持他，或许，秋实就可以成为一个成功的音乐家……

邱娅想了很多遍，终于还是对大洋彼岸的老师说了"不"。在海的那边，或许秋实真的可以有更好的学习环境，得到更多的演出机会，真的会出名，赚到很多钱。但这些，最终会消耗掉他大量的时间和精力，使得他本来就薄弱的生活能力更加无法得到提高——随着年龄的增长，病症会不断加剧，而他或许真的会成为一个废人，那时，名气有什么用？钱又有什么用？"我更愿意秋实成为一个普通人，靠自己的劳动，过着普通的生活，快乐是不能用金钱来衡量的。"她顿了顿，"知足者常乐"。

五

现在，一周有三天，秋实都在华阳的一所幼儿园工作。每一天，小朋友们都是在音乐声中开始一天的生活，而秋实，就是这些孩子的音乐老师；除此之外，他还有一个乐队，每周固定地和乐队一起排练、演出；他还是海星合唱团的一名钢琴师……秋实的生活忙碌而充实。

而邱娅除了本职工作之外，还参与到自闭症协会的公益事业中。为了让更多自闭症患者的家庭见到曙光，她组织活动、举办家长培训和讲座。除了儿子秋实，她心里还记挂着别的自闭症患者及其家庭，他们每一个人都不一样，每一个家庭都有各自的情况和困难，他们今后应该怎么办？

"我们秋实真是很幸运，"邱娅感慨，"走到现在这样，真是不容易，我们一家人得到了太多人的帮助和关心。我常常对秋实说，要记得人家对我们的好，要感恩，要尽量地去回报这些人，回报社会。"

二十几年里，邱娅一家人悲痛过、犹豫过，甚至绝望过，但是一点点、一天天地，秋实在母亲的园子里终于成长为一棵大树。他伸展着枝丫，绿意蓬勃，终于也可以把自己得到的温暖、关怀，还有爱，奉献给那些更小的、更需要关心的孩子。

（摘自《读者》2015年第24期）

星期九的启迪

李成林

晚来无事，打开书本充电。

4岁的儿子也忙个不停：一会儿翻婴儿画报，一会儿搭积木，一会儿找蜡笔画画。看他忙得不亦乐乎，这于我是最相宜不过了。

看书正酣，突然听见小儿拿起电话拨打。这个小家伙刚刚学会认识几个阿拉伯数字，便全部实践在打电话上了。

只听他煞有介事地叫着小伙伴的名字，两个小人儿便叽里咕噜地商量起大事了："好，星期九，我们一块玩。就这么定了。噢！再见！"

儿子挂了电话。又在房间里跑来跑去撒欢发疯起来。我把他喊到了跟前："你刚才说什么？星期九？"

儿子一蹦一跳地说："妈妈，星期九你带我去二宝家玩吧，我们已经说好了。"

听了这个傻小子的话，我笑得差点岔了气。儿子莫名其妙地望着我……

"傻儿子，"我点着他的额头说，"一个星期只有七天，没有星期九。"

儿子回过神来娇横地说："不嘛，就有，就有。二宝都答应了。"我花费了许多口舌试图让儿子明白。他干脆堵起了耳朵："为什么有星期一、有星期二，就没有星期九？！"

我只好放下书本，给儿子耐心地讲解起来："星期是一种以七天为周期的循环纪日制度。公元2000年前后，古巴比伦人曾将一朔望月分为四部分（朔日、上弦、望日、下弦），每一部分都是七天。而后把七天分别配上太阳、月球、火星、水星、木星、金星、土星的名字，星期由此得名，并于公元前321年3月7日为罗马君士坦丁大帝正式颁行，沿用至今。"

我知道他还听不懂这些，但我还是试图想让他提前了解一些这方面的知识。

临睡前，儿子小声问我："妈妈，把明天当成星期九，好不好？我想去找二宝玩。"

面对儿子怯怯地低声祈求，我的心立刻柔软清澈起来，所有的学识和大道理全抛到了九霄云外。把明天当作星期九，当成心目中每一个快乐的日子，每一个充满希望和心想事成的日子，这是一个懵懂无知的孩童给我的人生启迪。

（摘自《读者》2007年第14期）

教子无方

林海音

母亲骂我不会管教孩子，她说我："该管不管！"

刚下过雨，孩子们向我请求："让我们光脚去玩，好不好？"

我满口答应。孩子们高兴极了，脱下"板板"，卷起裤腿儿，三个人呼啸而去。母亲怪我对孩子放纵，她说满街雨水，不应当让孩子们光脚去蹚水。我对母亲说："蹚水是顶好玩儿的事，我小的时候不是最爱蹚水吗？"母亲只好骂我一句："该管不管！"

我们的小家庭里，为孩子准备的设备几乎没有。他们勉强算是有一间三叠的卧室，还要匀出我放小书桌和缝衣机的地盘来。只有三个抽屉归他们，每人一个。有时三个孩子拉出抽屉来摆弄一阵子，里面也无非是些碎纸、烂片、破盒子。他们只有一盒积木算是比较贵重的玩具，它的来历是：

儿童节的头一天，大的从高年级同学那里借来全套童子军武装。我在忙家务，没顾上问他详情。第二天一早，他穿上童子军服就没了影儿。到了晌午，只见他笑嘻嘻满载而归，发了横财似的，摆了一桌子笔、墨、纸、砚，还大大方方地赏了妹妹们一盒积木。问他到哪儿去了，他这才踌躇满志，挺着胸脯说："今天儿童节，我代表学校到教育部门'接见'领导去了。这些全是他赏的。"

我们一听，非同小可，午饭多给了他一块排骨。

就是这样，我们既没有游戏室，我又没有时间带他们到海滨去度周末。蹚蹚街上的雨水，就好比我们家门前是一片海滩，岂不很好？而且他们蹚水时最快乐，好像我童年时一样。

记得童年时候，我喜欢做的许多事情都是爸妈所不喜欢的。因为他们不喜欢，我便更喜欢，常常要背着他们做。我和二妹谈起童年的淘气，至今犹觉开心。我们最喜欢听到爸妈不在家的消息，因为那时候我们便可以任意而为。比如扯下床单把瘦鸡子似的五妹包在里面，我和二妹拉着两头儿，来回地摇，"瘦鸡子"笑，我们也笑，连管不了我们的奶妈都笑起来了（可见她也喜欢淘气）。笑得没了力气，手一松，床单裹着人一齐摔到地上。"瘦鸡子"哇的一声哭了，我们笑得更厉害，虽然知道爸爸回来我们免不了挨一顿手心板。

雨天无聊，孩子们最喜欢爬到壁橱里去玩。我起初是绝对不许的，如果他们趁我买菜时爬到里面去，回来一定会挨我一顿臭骂。有一次我们要出门，二的问爸爸："妈妈也出去吗？"

爸爸说："是的。"

二的把两条长辫子向后一甩，拍着小手笑嘻嘻地向三的说："妈妈也出去，我们好开心！"

　　我正在房里换衣服，听了似有所悟——他们也像我一样吗，喜欢背着爸妈做些更淘气的事情？我的爸妈那样管束我，并没有多大作用，我又何必施诸儿女？这以后，我便把尺度放宽，甚至有时帮助他们把枕头堆起来，造出一座结结实实的堡垒抵御"敌人"，枕头上常常留有他们的小泥脚印。母亲没办法，便只好又骂我："该管不管！"我心想，他们的淘气还不及我童年时的一半。

　　成年人总是绷着脸管教孩子，好像自己从未有过童年，不知童年乐趣为何物何事。有一天我正伏案记童年，院里一阵骚动，加上母亲唉声叹气，我知道孩子们又惹了祸。母亲喊："你来管管。"我疾步趋前——嗬！三只丑小鸭一字排开，站在那里等候我发落。只见三张小脸三个颜色：我的小女儿一向就是"娇女儿泪多"，两行泪珠挂在她那"灵魂的窗户"上，闪闪发光；大女儿的脸上涂着口红，红得像台湾番鸭的脸；那老大，小字虽然没写完，鼻下却添了两撇八字胡。一身的泥，一地的水。不管他们惹了什么样的祸，照着做母亲的习惯，总该上前各赏一记耳光。我本想发发脾气，但是看着他们三张等候发落的小花脸儿，想着我的童年，不禁哑然失笑。孩子们善于察言观色，便也都扑哧笑起来，我们娘儿四个笑成一团。母亲又骂我："该管不管！"我也只好自叹"教子无方"了。

（摘自《读者》2018年第8期）

父亲的生活态度

王虹莲

我一直不太理解父亲。

我觉得他是和这个社会格格不入的。

父亲是个老知青，他没有回北京，留在了这个小城。小城里有他心爱的女人，然后有了我和弟弟。

后来他考取了大学，但他仍旧回来了，在一个化工厂当技术员，一个无线电爱好者，一个电脑爱好者，一个音乐发烧友，一个天文发烧友，一个气功爱好者，一个足球迷，一个金庸迷……

我不知道人可以有多少经历，但他喜欢的东西都能玩到极致。他喜欢无线电，可以自己制作电视机和收音机，并且和全国各地的网友都有联系；他喜欢电脑，已六十岁的年纪还能自己设计软件，很多电脑知识我还要请教他；他喜欢音乐，在古典音乐中陶醉，并且拉一手好二胡弹一手好古筝。有时我回家，看到他正在听一种叫埙的乐器，一边听一边写毛笔字，他的毛笔字，得过全国的大奖。

当然，什么时候有彗星飞过地球时，他总是给我打电话。那时我正为生活奔波着，或者和客户谈着合同，或者在酒店里吃饭……总之，我觉得自己干的都是正事，谁像他那样活着啊，养着十几只猫，每天要去早市买鱼，因为那里的鱼比较便宜。有办婚事丧事的人扔出鱼肠子，他和妈就去捡。有一次让我同事看到了，他们说，你爸和你妈捡破烂呢。真弄得我哭笑不得。

当然，我一次也没有看到彗星，因为我没有那个心情，没有那个心境。况且，我总是累得早早地睡去，怎么可能半夜起来看彗星？但父亲每次都要一本正经地看，他的器材很先进，招了一帮年轻人在那里看彗星。我对妈说，我爸爸当年肯定非常浪漫，这把年纪还有这种心情，真让人佩服！我妈说，当年，我看中的就是你爸爸这种生活态度，有一颗单纯的心，永远微笑着面对生活。

每次我回家，父亲都会让我坐在他的电脑前看他拍的猫和花，他用数码相机认真地记录着那些猫的生活，其中有一张叫"这只猫三个月了还在吃奶"，笑得我肚皮疼。他的每只猫都有名字，每张照片都有题目，每朵花也都有名字。父亲说，那都是他的孩子。

最初我真的很反感父亲的这种生活态度。和他一起出来的人早就当了处级干部，他却还是一个普通的老百姓，种花养猫看星星看足球玩电脑，他的世界总有不同的精彩在上演。我曾抱怨他说，如果你是个处级干部，我和弟弟一定会有个特别好的工作。但父亲从来不这样认为，他说，指望父母的孩子不会有多大出息，就像总在父母身边的鸟永远也飞不高一样！

后来验证了他的话是正确的，我自己成了外企的白领，弟弟成了有名的工程师，而那些官宦子女在机构精简之后却有好多人待业在家，他们果真没有飞太高。

有一段时间我被派往美国工作，到美国后我发现到处是我父亲这样的人。他们悠闲地过着日子，没有多少钱，但过着自己想要的生活。我问他们为什么要这样，他们说，人们挣了钱想做什么？无非是想过自己想要的生活，但现在我们能过这种生活，为什么要把自己弄得像陀螺一样旋转呢？

父亲每天给我发邮件，开始我总是嫌烦，无非是他养的猫和兰花，那些猫又生了很多小猫，父亲把这些录了下来传给了我，他说，非常美妙。而那春天初开的兰花我开始并没有觉得美妙，当我渐渐沉下心来之后，我发现那些兰花芬芳迷人，我发现父亲发来的猫的照片生动可爱，甚至，我开始想给它们一个个起名字。

能把生活活出一朵叫做美妙的花来，这是一种多么快乐的心境！父亲六十岁了，他从二十多岁就这么活着，过简单的日子，要美妙的生活，闻闻风中的花香，看看小猫咪的可爱，读读金庸小说的侠气，望一下神秘的星空，弹一曲高山流水，和老友下下围棋，和自己的爱人牵手去捡鱼肠子。这样的生活，是父亲的生活，那曾经是我觉得不求上进的生活，但现在我认为，那是一种最美丽的生活。

生活的上品，往往是不着痕迹，然后把自己融入自然。

（摘自《读者》2005年第13期）

半截牙签的温暖

蔡 成

出生于湖南平江的女孩李艳红长得胖，皮肤黑，她的左侧脖颈处还生着榆钱大的褐斑。

小时候，背地里有人喊她结巴，因为，她一说话就低头，吞吞吐吐。这不是天生的，是她胆子小又自卑造成的。

她父亲是部队的工程兵，参加了特区初期的建设。父亲退伍后留在了深圳，她和母亲、弟弟也随迁到了深圳。在特区，她家属于挺穷的那一小拨。父亲白天在公交公司上班，晚上帮着妻子在街口夜市卖油炸臭豆腐。

高中毕业后，她没能考上大学。她没去复读，一是因为家里的经济条件不允许，她还有个弟弟正在读初中；二是她断定自己即便复读也没希望考上大学。

她找不到工作，严格说，是她根本不曾用到哪怕七分的努力去找工作。每每用人单位向她提问，她还没回答就吓得低头，然后扭头逃之夭夭。闲着的日子，在母亲的一再坚持下，她晚上帮着母亲去夜市卖臭豆腐。她从不主动开口张罗生意，笨手笨脚的，有次还撞倒了煤炉边的一桶油。而那桶油，恰恰是她忘了盖上瓶盖。油在地上乱跑一气的时候，母亲心疼不已又怒气冲冲地骂她："你这个废物，什么事也干不了，你死回家去吧！"

她真的用手捂住脸跑回家了。躺在床上，她哭了又哭，眼泪哭干后，开始胡思乱想。她想好了，她要好好洗个澡，穿上最漂亮的衣服，然后在脖子上捆根绳子，一了百了。

一切准备妥当，有人敲她的房门，有人喊她的名字。是父亲。

父亲看着她红肿的眼睛，安慰她："我批评你妈妈了，她说以后再不会骂你废物了……"

本来干涸的眼睛又涌出泪来了，她抽泣着说："我本来就是废物。"

父亲无言，在找不到更好的话来安慰她时，地上的半截牙签，让他眼前一亮。"孩子，你瞧这是什么？"父亲将半截牙签递到她的眼前。她知道那是牙签，断了，头尾都钝了，百无一用成了垃圾。

父亲见她没吱声，问："你冷不冷？"

这是夏末秋初的季节，天一点都不冷，可她觉得自己像掉在冰窟窿里。

父亲掏出裤兜里的打火机，点燃那半截牙签。父亲将弱小的昏黄的火焰送到了她的手边，她微微移动了自己的手……

"别小看这短小的、被践踏得脏兮兮的半截牙签，只要将它点燃，它仍能发出光和热，能温暖我们……孩子，世上没有废物，只要使用得当，不论什么东西总能派上或大或小的用场，总有某方面的价值显现出来。何况，我们是人，而不是百无一用的废物。"父亲递给她一本剪报，说："这是爸爸近些日子从报纸上剪下来的，你看看，或许对你有点益处。"

她随意翻看着剪贴本，一个女大学生放弃白领工作转而去捡卖废品的报道，使她为之一振……

她跑去废品回收站刺探了一下"情报"，然后鼓起勇气干起了收购废报纸的营生。她向众多住宅小区的信箱里塞传单，声称高价收购废报纸。她打听得很清楚了：上门收购废报纸的人给出的价钱是3角一斤，和其他废纸价钱不相上下；而废品站回收废报纸是6角一斤，造纸厂收购废报纸是8角一斤，惠州的砖瓦厂收购废报纸是1元一斤（烧窑时用于封窑门）……

她的电话从此响个不停，愈来愈多的人将报纸积攒下来，以5角一斤的"高价"卖给她。

接下来的发展出乎意料，她很快成了"报纸回收大王"，她很快成了众多造纸厂的"座上宾"，她很快展现出美丽自信的风姿……

现在，她就坐在我的眼前，用极其平静的语气讲述发生在她身上的故事。她真的很平静，好似曾经抬不起头来面对生活，曾经让自杀的念头占据脑海的不堪往事，与她毫无关系，而是她欣赏过的淡淡的水彩画图景。

但，我在李艳红宽阔明亮的总经理办公室的墙上，看到了一幅浮雕玻璃的巨大照片。照片上，一个老人侧身，微笑，右手捏着半截牙签。她向我介绍："这是我父亲……"我清楚了，作为业已成功的人士，李艳红拥有了足够的淡然、平静、从容，可她的心底，始终不会忘记，是父亲，用半截牙签的温暖唤醒她，激励她：世上没有绝对的废物，只要找到勇敢出击的突破口，谁都是可用之材。

（摘自《读者》2006年第2期）

妈妈做你的榜样

刘 鑫

那是她生命中最难忘的日子。

去领困难补助金的那个早晨天气格外晴朗，全家人一大早就起床了。吃完早饭，她和儿子换上最好的衣服，在丈夫一声声"路上小心"的叮咛声中走出家门，朝民政局走去。

民政局的会议室里坐满了人，有和她一样来领困难补助金的居民，有前来采访此事的众多媒体记者。

她和几十个人站成一排，从领导的手里接过困难补助金，大大小小的摄像机镜头对准着他们，闪光灯纷纷亮起……

她忽然记起以前出现过的同样情形——也是无数镜头对准着她，也是闪光灯亮得睁不开眼睛，可那时她把腰杆挺得格外直，脸上是灿烂的笑容，手上是大红的劳动模范证书……

牵着儿子的手走出大门，她的泪水忍不住涌了出来。她的泪水里既有酸楚，也有羞愧，更多的是对自己命运的悲哀。

她18岁就参加工作了，28岁当上市里的劳动模范，35岁因工厂倒闭不得不下岗。下岗后，她和丈夫开了一家小超市。一天，她和丈夫去进货，不幸在路上发生车祸，从此丈夫只能坐在轮椅上，她瘸了一条腿。死里逃生后，他们家家境一落千丈，一家三口只能靠城市低保金为生。

低保金一个月只有380元，一家三口的一日三餐在里面，水费电费煤气费在里面，丈夫的营养费，儿子的书本费也在里面……艰难的日子让她窒息。望着不能动弹的丈夫，看着才10岁的儿子，她甚至想过干脆买一包老鼠药，拌进米饭里……

在她最绝望的时候，街道办事处的工作人员告诉她一个好消息：已将她家列入本城首批享受困难补助金的家庭里，从下个月开始，她家每个月可在低保金的基础上再领300元。

走在路上，她悄悄抹去眼角的泪水。儿子摇着她的手臂撒娇："妈妈，我们今天有钱了，你给我煮肉吃好不好？"她看着儿子的小脸，心里有说不出的酸楚：虽说自己每星期都挤点钱出来买点肉为儿子改善伙食，可儿子正是长身体的时候，那点肉对他来说能顶什么事？

她带着儿子往菜市场走去，一路上走着便盘算好手里300元的用途。站在肉摊前，她指了指最便宜的那类肉对摊主说："来一斤这个。"儿子不干了："妈，太少了。"她咬咬牙说："那就来一斤半吧。"

提着那块肉走在回家的路上，儿子还是不满意："妈，你就多买点儿，炖一大锅，我们美美地吃一顿。"她笑了："这个月把钱花光，下个月不吃饭？"儿子一昂头说："下个月不是还发给咱们钱吗？这个月花光了，你下个月再去领。"儿子的这句话让她感到从未有过的震惊，仿佛有一根线一下子勒紧了她的心脏，紧得她说不出话来。

她没想到儿子会有这种想法——只因为有这样那样的困难就可以不必劳动、不必奋斗，就可以心安理得地拿政府的补助！难道儿子将来要靠低保、补助金过一辈子？

那天晚上，看着摊在桌子上的崭新钞票，她一夜没有合眼，儿子白天说的那句话一遍遍地在她耳边回响。她对自己说：我会劳动，也能劳动，曾经获得的那么多荣誉都和劳动有关，难道如今瘸了一条腿就不能劳动？我还有一双健康的手，应该靠自己的手养活一家人、养活儿子！我不能让儿子将来靠领困难补助金过日子……

一星期后，她在市场的一角支起一个小摊卖水饺和馄饨。她的水饺和馄饨皮薄、馅多，而且绝对新鲜、卫生。一年后，她开了一家早餐店，但店里只能放三张小方桌。

三年后，她有了一家能放七张桌子的店铺。

再后来，她的店开在繁华的大街上，店面堂皇，可以承办各类宴席……

现在，逢年过节，她都会随街道办事处的人去慰问低保户，为他们送米送油送钱。除了安慰与关心，她总会比别人多问一句："我的店里有工作岗位，你愿意来吗？"当然，她的儿子已经长成小伙子了，和同龄的孩子一样健康阳光。不同的是，他从上中学开始，每逢寒暑假都在妈妈的店里打工。

儿子一直记得10岁那年的事，不是因为记性好，而是妈妈常常重复那天的事、重复他说过的话。妈妈每次讲完这件事，总会加上一句："我不想你长大后成为依靠别人的人，所以，儿子，我一定要成为你的榜样！"

儿子说："其实我记得最清楚的是另一件事。妈妈卖饺子和馄饨的第一天很晚才回来，她一进屋，手也来不及洗就径直走到我面前，将一张五元、一张两元的纸钞和四个一角的硬币一字排开，整齐地放在我面前的桌子上，认真地看着我说，儿子，妈妈今天挣钱了，这是妈妈用劳动挣来的，不是人家发给我们的……"说到这里，这个身高近1.8米的小伙子眼圈红了。

（摘自《读者》2006年第11期）

我们都在世间修行

佚 名

这篇文章源自知乎网的一个问答："中国真的有很多穷人吗？"其中一个匿名用户的回答得到了4000多条网友的评论。作者没有正面直接回答，却道出了一段坎坷而感人的经历。

一

2011年，我博士毕业，和妻子同时在一所二线城市的大学工作。两家的基本生活条件，都属于三线小城市的富裕家庭。

2011年10月，岳父给妻子打了个电话，先是寒暄，说是想我们了。妻子觉得不对劲，追问之下，岳父说已经确诊，他是肝癌加胆囊癌加胰腺癌。几个关键器官，都发现了癌细胞。以前我们觉得，癌症距离我们好遥远，没想到自己身边的人会患癌症。妻子和我商量，要尽最大努力在经济上给予支持。

当时，我的工资大概每年8万元。有机会，我就去给自考生、成教生讲课，每节课60元，每年能多挣2万元。拼命找朋友、师兄、师长做项目，每年能再多挣5万元。我和妻子在2011年，年收入大概20万元。

20万元怎么用的呢？岳父手术，我们立即拿出5万元；随后的跟踪治疗，每月至少1万元；每个月生活费、营养费5000元。到2011年年底，我们大概花了8万元。平时去医院的路费、住宿费就不算了。我母亲非常支持我们，时时给我们贴补。

生活突然变得很困难。去代课的机构外边有家炒面，我爱吃鸡蛋，加一个鸡蛋就觉得很幸福。在网上买裤子，100元3条包邮，刚好够夏天换洗的。有时候下课晚，要赶火车，太堵，直接叫个摩的，冬天特别冷，刮得脸疼、头疼。不敢生病，因为要花钱。每个月辛苦代课的钱和学校的工资，拿到手至少1万元。这些钱，都不舍得花，要准备老人看病的医疗费用。妻子一直穿着几年前大学读书时买的羽绒服，仔细看袖口，都磨出内胆，她就穿着这样的衣服，走上冬天的大学讲堂。

每个月挣的钱，两个人加起来很厚了，送到医院却显得那么薄。

二

2011年11月，在岳父手术之后不久，妻子怀孕了，她年纪不小了，医生建议一定要留下。2011年年底，放寒假之前，学校给每个老师发了一箱橙子，当时我在外地出差，就安排妻子找我同事帮忙搬到家。妻子脸皮薄，自己提着箱子，不舍得打车，去赶公交车，结果导致先兆流产。

2012年的春节，我们一家都是在医院度过的：岳父在老家省会医院继续治疗，妻子在医院静躺安胎。春节的城市，人很少，我穿梭在家和医院之间。那个冬天，真冷。我给妻子买了生排骨，在家煲好，送到医院，妻子的第一句话就是："多少钱一斤啊？"

妻子怀孕7个月的时候，还在讲课。孩子出生两周后，妻子就上班了，孩子没有喝过母乳——学校有产假，能休一个学期，但只发基本工资的80%，每月大概只有2000元。

这一年，最快乐的事情，是岳父在有生之年，见到了外孙女。岳父很疼爱我们的孩子，每次见面都抱着，爱不释手。

三

2013年大年初二，我们去岳父家拜年，他拿出酒要跟我喝，被岳母拦下了，他又夺了过去，说："还能和孩子喝几次酒啊。"家里有病人的春节，是人生的一种凄凉。

其实大年三十的晚上，妻子就提出要去岳父家看看。当时我说一起去吧，妻子拒绝了，说："你就在家陪爸妈，带孩子吧。"很久以后，妻子告诉我，那年大年三十晚上，岳父又开始发烧，打摆子，岳母一个人都按不住。

2013年端午节，岳父的精神很好，我们一起出去散步、聊天，他还有兴致让我找家好馆子。癌细胞最后的扩散速度非常快，似乎一夜之间，就长满了身体所有的器官。岳父很坚强，后来化疗不能做了，做微创，把肋骨敲断，定点烧癌细胞，他用手抓着手术床，疼得快把牙咬碎了。

2013年7月，岳父走完了人生的最后一段旅程。岳父是医院的"抗癌明星"，但也没敌过死神。他临死的时候，已经痛得昏迷了，注射吗啡都没用。人最痛的时候，中枢神经会自动把痛感调低。我问过医生，癌症有多疼？医生想了一会儿说，万蚁噬骨。

岳父去世那天，学校还没放假，妻子和我加班把手头的试卷阅完。晚上9点多，妻子的电话响了。放下电话，妻子沉默了一会儿，趴在我怀里，说了一句："爸爸没了。"

我脑海中呈现一幕幕图景：岳母搀扶着岳父，赶大巴去医院；两个人相互搀扶，到医院餐厅吃饭；岳母和大舅哥在医院奔波，找医生、找药。几乎每次到医院，岳父都坐在床上，拿着前一天的住院清单，戴着老花镜，安静地看着，轻声地唏嘘，略带负罪地看我，打招呼。每次我离开医院，都告诉自己，坚持，再坚持……

四

岳父去世后，我开始反思自己的人生。我想，我有必要开始全心全意地做一件属于自己的事情了——我想去更大的世界。家人也赞同，经过这次生死劫难，每个人都觉得，原来我们的小康之家是如此脆弱。

2014年3月，我正式从高校辞职，到一家公司担任执行总经理，年薪保底30万元。我到新公司报到的第二天，妈妈告诉我，爸爸从2013年年底开始，几乎每天下午发低烧，持续两个月了。经过岳父的事情，我当时很冷静，肯定是癌症或者其他重疾。

到医院检查，没发现癌细胞，大家松了一口气。骨髓穿刺做了两次，最后查出来了，是血癌。每天的治疗费用，平均1万元。

其实，苦难的人生距离我们很近。

当天就凑够了住院费。我爸爸兄弟3个总共有10个孩子，大伯家5个，二伯家3个，我们家两个——我有个亲姐姐。爸爸住院用钱太急了，即使卖房子，也需要时间。妈妈给堂兄、堂姐打了电话，每个人都直接打过来两万元。我有个发小，外企高管，从小在我家吃爸爸做的饭菜，他直接打过来10万元，说："这个钱，是给爸爸看病的，不用还。"爸爸的几个好朋友，也跟我要卡号，说："这是给我大哥看病的钱，孩子你不用管。"

当时我们所有人都那么"忙"，姐姐在爸爸住院的当天生孩子，我给姐姐一打电话，她就哭。我说："如果爸能挺过这一关，我们俩要做好骨髓捐献的准备。"姐姐说："捐我的！"姐夫很孝顺，有空就去医院。爸爸去世那天，姐姐刚出月子。

五

我爸爸的治疗时间非常短，只有35天。妈妈一直陪护着他，医生嘱咐要吃高蛋白食物，妈妈就每天去菜市场买条鱼，自己亲手做。爸爸去世前两天，和正常人一样，只是稍微虚弱一点，和他交流，完全看不出任何病态。我问他："疼不疼？"他说："就是难受。"

爸爸去世当天，我对他说："爸啊，我得回公司看看，刚到新单位，担心人家有意见啊。"爸爸说："你走吧，没事，这边人多。"走到高铁站，我给四堂哥打了个电话。电话接通的那一刻，我忍不住放声大哭，说："哥，我撑不住了！"四堂哥说："放心吧，我和你嫂子一直都会在。"

我是中午12点走的，晚上6点陪一个朋友吃饭时，妻子打来电话，说爸爸不行了，妈妈在找救护车，准备往老家拉。我没见到爸爸最后一面。等我赶到老家时，爸爸已经换好了寿衣，冰冷安静地躺在那里。爸爸只是个普通人，没什么大本事，但人缘很好。当天，熟悉的、不熟悉的亲戚、朋友，全来了。

爸爸的最后一顿饭，是和我吃的。爸爸去世的前一天，妻子和我陪他。我问他："爸，中午你想吃啥啊？咱吃面条好不好？医生嘱咐了，不能吃太油腻的东西！"爸爸似乎有点生气，说："面条不好吃，买点肉吧。"我就问护士能不能吃肉，护士想了想，说吃吧，增加蛋白，可以的。我到饭店订了个猪肘子，要了一个素菜，两个米饭，打包回来。我们爷儿俩把一个肘子，差不多两斤，全部吃完。这是爸爸辛苦一生的最后一餐。

生老病死，是最自然的，但也是最令人痛苦的。万物生于尘土，复归尘土。

爸爸走得太急了，让我们所有人都措手不及。爸爸是我的精神领袖，是我最爱、最敬重的人。他死后这一年，我几乎每个礼拜都能梦见他。有时候在梦里，我就摸他脑袋，很凉。我见过很多癌症患者的家属，他们都和我一样，有个习惯性的动作，就是摸病人的脑袋，如果哪天病人不发烧，就是我们最大的幸福。梦里，我对爸爸说："爸，你不发烧了，你好了啊！"爸爸说："是啊，我好了啊！"

六

治疗癌症的很多特效药和进口药是不报销的，很多手术费用是不报销的，化疗使用的药物和调节性的药物，大多数也是不报销的。岳父总共花了100万元左右的医疗费用，大概只报销了35万元，剩余的60多万元，我们出了30多万元，亲戚给了约10万元，岳父自己的钱有十几万元。

一分钱难倒英雄汉，钱解决不了所有问题，但它能带来相对的安全感。

我们这一代人，从小努力读书，成年后努力工作，背后的动力就是摆脱"穷"，摆脱包括经济、机会、心智等各个方面的"穷"。命运的可怕之处在于，它总在人最得意的时候，不经意地同你开个玩笑。上大学的时候，我总喜欢给世界贴上自以为是的标签，比如，有钱的生活应该如何？社会应该如何？别人应该如何？慢慢地磨炼，学会了不说话，低着头，隐忍地活着。也正因为怀揣着对未来的希望，才不断追求、不断进步。人生那么短，其实没什么好抱怨的，努力了、争取了，也就欣慰了。人生真正的穷，是人生穷短，给我们的时间太短、机会太少，来不及爱，人就老了。

我和父亲、岳父的感情都很好，他们两位也经常小聚。岳父2011年手术后，我和妻子把他接到我家住了一段时间。岳父的身体太虚弱，我们又太忙，每天都是爸爸给他做饭。两个老人，都没活过62岁，都是拼命工作了一辈子，退休金拿了不到两年。妻子和我都是80后，在父母可以享受天伦之乐的时候，痛失亲人，这种痛苦，是把心一片一片切碎的感觉。有时候，半夜我们之中突然会有一个人起身，坐在床边，默默地哭泣。我和妻子明确了一件事，如果将来我们俩得了绝症，就不再治疗了。

有条件就多生孩子吧，人能保证自己年轻时能干，但谁也不能保证自己老了不得病。老有所养，不是个腐朽的传统，而是一种生活的方式。岳父生病时，如果没有大舅哥，我不可能在外边安心赚钱；爸爸生病时，如果没有姐夫，没有一群堂兄弟，没有一群好朋友，我撑不下来。

死亡是人生大苦，也是人世间最大的公平。任何人都不免一死，死却不是负面的悲剧，而是呈现出一种悲壮：渺小的人类，知晓个体命运终结的必然，却依然飞蛾扑火般地抗争，每一簇小小的火苗，构建了人类今天的文明。生死真苦，但这是生命的常态，我们都会这样老去、死去，在尘土中滋养新的生命。给自己一个理想、一个希望，让这段孤独的旅程，显得有光。短短人生路，我们都在世间修行。

（摘自《读者》2015年第16期）

我们彼此的人生是独立的

安妮宝贝

夏日黄昏，走进公寓的花园，看到绿树林荫之中，一个五六岁的女孩子牵着一串长长的纸鸢，在青石路上蹦蹦跳跳地跑着。黑而柔软的长发，齐眉刘海儿，矫健的小身体充满活力。站在一旁，静静地看着女孩欢快地嬉戏。即便是邻家的孩子，自己脸上也会情不自禁地浮出欣喜的微笑。所谓的同理心是，如果你爱自己的孩子，你也应该会爱所有的孩子。

我想我并不是一个世俗意义上无微不至的母亲。自她出生，我很少对人谈论她，我从不加入所谓妈妈们的组织和聚会，也并不整日与她缠绕在一起。在关心她必要的衣食住行之外，我们之间的关系有一种独立和互相尊重的意味。也就是说，我注重与她保持略微的距离感。这种距离感是，给予对方美好的重视的感受，但不侵扰和控制对方的情绪和意志。

女人即便身为母亲，最重要的核心，依然是需要有自己的生活。母亲虽然需要给女儿做日常生活的琐事，却不能卸去自我的力量只围绕着孩子打转。我们彼此的人生是独立的。她要成长，我要成长，应是如此。

当她满了两岁，家里有一个能够与她相处得和谐愉快的保姆，我便开始恢复工作。有时我在书房独处很长时间，阅读、做笔记、整理资料、写稿子。间或有或长或短的旅行，几乎隔段时间就出发。那几年，因着种种机缘，时常与她分离。但每到一个国家，我会特意在博物馆、集市或商店里搜集漂亮的当地明信片，带回来之后贴满一面墙壁。有时她午睡醒来后，我抱着还幼小的她，让她逐幅观赏五彩纷呈的明信片，告诉她，这是佛罗伦萨的古城，纽约的帝国大厦，京都的寺庙，威尼斯的桥……世界很大，世界很美好，等你长大，这一切都在等待你去探索。

在那几年，我陆续写完长篇小说《春宴》、散文集《眠空》和访谈集《古书之美》。我没有懈怠，愿意让她见到一个始终在笃实地工作着的母亲，一个在学习和成长的母亲，一个在旅行和探索着的母亲，一个关注个体和世间的秘密并用写作做出表达的母亲。这样，等她长大，她会知道对一个人的生命来说，真正重要的事情是什么。

三岁，她进了幼儿园。这家幼儿园注重孩子的品德教育和艺术发展，因此，她经常带回来手工制作的作品和画作。我标上具体年月日替她一一保存起来。家里有一个大樟木箱子，保存着她小时候穿过的花边小衬衣，一些出版人和外国编辑送给她的礼物，我给她缝制的玩具，家里老人给她做的绣花布鞋和织的小毛衣，她制作给我的生日卡片……都是宝贵的纪念。

我经常给她拍照，觉得儿童的面容和眼神真是美丽至极，如此清澈芬芳。有些照片洗出来用相框框好，挂在她的房间里。一张是春天的时候在江南，她在花枝丛中，用手捧住一朵硕大饱满的玉兰花，微微出了神。一张是她在湖北的寺庙，庙里的师父们教她写字，教她用菜叶喂兔子。她穿着小白衬衣，梳童花头，笑容愉快。让她知道她自己是美丽的，并且感知到这种美丽，这对一个女孩子来说尤其重要。

我并不精于烹饪，但她喜欢我做的苹果派、土豆泥和鸡蛋羹，时常提出要求想再次品尝。我一直很注意为她买各种优秀的绘本作品，让她在故事和绘画中获得知识。那次找到一本关于做苹果派的绘本，讲一个女孩子如何在全世界搜集到做苹果派的材料。面粉、牛奶、鸡蛋、肉桂、黄油、苹果……我们在睡前一起朗读这本书，她因此获知以前未曾了解到的地理和食物的知识。她产生了极大兴趣，说，妈妈，我们明天一起来做苹果派。我说，当然可以。于是，那一天她放学回来，系上小围裙，站在小板凳上，一本正经开始在玻璃碗里搅拌鸡蛋，揉搓面团。我在她一心一意干活时，悄悄拍下照片。等她长大，看到自己在厨房里学习的样子，定会觉得欣喜。

白天她在幼儿园上课，我处理家务和自己的工作。下午她回到家里，我给她打一杯鲜榨果汁，拌入一些酸奶。她端着杯子走进自己的小书房，继续画画和做手工。孩子的心智目前还像张白纸，染上什么色彩尤其重要。不能被庸俗繁杂的电视娱乐新闻所侵扰，也不能沉浸在 iPad 游戏的电光声影之中。所以，让她接触到的事物需要有所过滤，有所选择。

我从不对她寄托过多期望，也不试图用力灌输给她什么。有时听到一些母亲，骄傲地宣称自己的孩子会背多少首古诗，能背下《三字经》《弟子规》，甚至背下《老子》《庄子》。我从不试图让她去学会什么。我只希望她自在喜悦地玩耍，对这个世界充满好奇，用她自己的方式去探索，去前行，如此而已。她上过芭蕾课，上完第一阶段，有时在回家的路上经常疲累，在车上入睡，我问询她的意见，她说课太多，想休息。此间她还在上课外的英语课和美术课。于是我尊重她的选择没有上第二阶段。

她有时回家，自己看绘本、画画、做手工，就忘记做数学和拼音的作业，我也并不催促。因为终有一天她会正式学习这些。

有什么值得着急的呢？孩子总是要按照她自己内在的节奏慢慢成长起来的。对他们来说，没有什么是比保护天性和保持愉悦和活力更重要的事情。我现在唯一所想的，就是让她时时觉得欣喜，按照自己的想象力和天性去成长。她的快乐和自尊是重要的。至于其他，终有一天她会知道。而且，她现在知道的事情，已经超过一些标准化答案太多太多。

那是我们最开心的时间。两个人在清朗凉爽的暮色中走走看看，有时就走得远。她在广场玩喷泉，我在旁边耐心等待她。回家之前，她则陪我一起去超市，买好吃的裸麦核桃面包、酸奶和水果。一次，她表达出想挑选一块香皂的心愿。我说，没问题。她在香皂架子前面逐一嗅闻那些包装漂亮的香皂，仔细观赏包装盒上的色彩和图案，最后选定一块白色铃兰香味的香皂。她说，我喜欢这个香气。我说，好，回去之后就用它洗你的小手，这样你的手会散发出铃兰花的香气。她听后露出开心的笑容，并积极地帮我推购物小车。

夜色中，我们穿过一个小花园。她在草地上撒欢，一下子跑得很快，很远。小小的身影穿梭在樱花树林、薄荷草丛中，穿梭在淡淡的皎洁的月光中。我看着她的样子，觉得心里跟微微痴了一样，如同看到一朵露水中的花、一颗皇冠上的珍珠。有什么区别呢？这世间美丽的纯真的存在，总是会让我们感动，会让我们敬重。曾经是在哪一本书里见到过这样一段话，说，如果家庭中有一个五六岁大的女孩，那么她们都是神派下来的天使。她们带来的快乐实在太多。现在看来，此话一点也不夸张。

她们是这样的温柔、愉快、健壮、踊跃。有时她们是需要被照顾和带领的幼童，有时她们是带给大人启发和感知的镜子。一个小女孩带来的微风和香气，是与浑浊僵硬的成人世界完全不同的。我因此对她总是有一种感激之情。

　　每天晚上她睡觉之前，我们会举行小小的祈祷仪式。我把手轻轻放在她的额头上，在熄了灯的房间里，低声为她祈祷。我说，你会健康，快乐，美丽，安宁，你会是一个懂礼貌爱学习的孩子，你会成为一个对大家有帮助的人。在梦里，你看到一个蓝蓝的大湖，湖上有睡莲，有云朵的影子，旁边有起伏的山峦。天使和仙女会来问候你，你就会甜甜地入睡，直到天亮。于是，她在我的声音中闭上眼睛静静地睡着了。

（摘自《读者》2014年第17期）

我是这样培养女儿的

痴　公

　　我是独生子的家长，只有一个女儿，爱如掌上明珠。故有意从小培养成疾风中的劲草，使她能适应环境，有强大的生活能力。不能培育成温室中的小花，那经不起风雨，无疑是害了她。

　　女儿小时的玩具是手枪、木刀，她养的小兔、小蛇是她的伙伴，夏天带她捕蝴蝶、粘知了，让她不怕昆虫，爱小动物，认识大自然，

　　小学五年级以前她生活在北京，上一年级时她把铅笔削得溜尖溜尖，铅芯露出许多，很容易折断，一支铅笔用不了一个星期。这还了得，于是点化了她一次。

　　那时自己去煤铺运100块蜂窝煤比请煤铺送到家里省3分钱。我借了一辆车，买了300块煤，我驾辕，女儿帮套，到了家，让她把煤一块一块码到厨房。她干了小半天，汗流满面，黑眉乌嘴，手成了炭条儿。我给了

她9分钱说："这是你今天挣的，用它买铅笔吧。"她攥着三支刚买来的铅笔说："挣这三支铅笔真不容易呀。"自此常用运煤省下的钱买文具，她也知道爱惜文具了。

到了日本我任医学中心的院长，她来医院大有众星捧月之势，为了打掉她的优越感，利用午休让她跟我刷厕所，寒暑假帮助卫生员洗衣、送饭。

在日本考上高中以后，没让她入学，把她送到中国去读高中，找了一间房，自己买菜，生火做饭，自己料理生活，成绩虽不理想但学会了独立生活的本领，无疑是个大收获。

回到日本上大学，我只给她交了第一次学费，她边打工边上学，自食其力读完了医科。上大学我并没有让她死读书，我说："考七八十分就行，学校学的只有20%是将来要用的，30%可查阅不必记，50%是知识垃圾应该忘掉的。"

让她学空手道，很有长进，到国外打过比赛；让她看书，文学的、哲学的，甚至占风水的；请来了皇家饭店的厨师教做菜，她现在不单能做日本菜、中国菜，还能做几道法国菜呢。我还让她去学开车。

毕业以后，在我的医院工作了两年，但不是临床，是当杂工，扫厕所、洗床罩、粉刷墙壁；后来当挂号员、记账员，最后才给病人看病。

后来又让她到社会上去"进修"，到饭店去打工，给有钱人家的小姐当私人保镖，学会侍候人；到街头当交通指挥员，晒得脸漆黑，学吃苦；让她租块地方到庙会去卖玩具，练习练摊儿；让她去医科大学打工，处理尸体，把内脏的污物清除，然后泡到福尔马林池子里，练胆儿；让她和渔师半夜出海捕鱼。她干了不下20个工种，挣了不少钱，一分我也不要，让她去非洲、欧洲旅行，长见识。

一回她去外县，丢了钱包，没钱买车票回家，居然摆卦摊，打出中国麻衣相法的招牌，挣够了路费回了家。

女儿今年28岁了，长得不丑，是医生，还是医院负责人，衣着朴素，不施脂粉，也不戴首饰，更不文眉隆鼻什么的，尚不忙结婚，工作挺起劲儿。

她常指着我对她的朋友们说："这个老头子真教给我不少生活的本领。"

女儿看了这篇文章，笑了。

（摘自《读者》2001年第1期）

两根指头的声音

包利民

黎枫是一个高中生。我第一次看见他的时候，他正打着响指，声音清脆悦耳，我看到他只有一只右手，左臂空空荡荡。更让我吃惊的是，他的右手仅有两根指头。他竟用仅有的拇指和食指打出响指！

当我们成为朋友后，我渐渐地了解到他的一些情况。9岁那年，他因顽皮触碰到高压线，从此失去了左臂和右手的3根手指。开始的时候，他万念俱灰，年少的他心中充满了绝望。后来在父母及老师的开导下，他才渐渐平复如初。

有一次，一个伤残人报告团来市里作报告。父母打算带他去听，好让他知道别的伤残人是怎样奋斗的，以此鼓舞他的斗志。他很高兴。可第二天他又不快乐了，父亲问他原因，他说："他们作报告的时候，我怎样为他们鼓掌呢？"

父亲看着他的眼睛说："两根指头也可以鼓掌呀！"那几天，他学会了打响指。听报告的时候，他以打响指代替鼓掌。

有一次他和同学们讨论理想，大家异常激动，有个同学站起来，两手握紧拳头大声说："我要用自己的双手去拼搏。我想成为一个企业家！"黎枫的眼睛立刻黯淡了。他的理想也是成为企业家。可他却不能像那个同学那样用双手去拼搏。

回到家中他一直闷闷不乐。在母亲关切地询问下，他讲了白天发生的事。母亲没说什么，默默地注视了他一会儿便转身向门外走。忽然，一枚硬币从母亲手中落到地上，发出了清脆的声响。他忙跑过去。把那枚硬币拾起来还给母亲。母亲握着那枚硬币说："孩子，你看，拾起钱两根手指就足够了！"他一下子愣住了，心中的震撼是无法形容的。

他对我说："从那以后我就明白了，拼搏不只是用双手。更重要的是，要有一颗健全的心！"

再一次看见黎枫的时候，他正用两根指头熟练地操作电脑。我们谈了好久，临别的时候，他打了一个响指和我再见。是啊，即使上天只给你两根手指，你也可以用它扼住命运的咽喉！

（摘自《读者》2004年第16期）

妈妈的眼泪

徐 悦

八年前，一个女人带着正上初一的男孩，在征得我爸妈，甚至我的同意后，寄居在我家，在那个靠厕所的，不足六平方米的小房间里。小房间原本是我堆杂物的，勉强可以放一个双人床，再也放不下一样东西了，她们母子俩厚一点的衣物和用不上的被褥只能放在床底。

在寄居我家的前一月，女人刚刚接到她男人的判决书，听妈妈说，她男人因诈骗罪，被司法机关收监。法院原本不打算收她家房子的，女人愣是自己把房子给卖了，因为善良的她不忍看见比自己还可怜人的泪，男人欠下的，她哪怕再难、再苦，也得还上……

男孩起得很早，因为他的学校离我们家有七站路的距离，还有他包下了我们家拿牛奶和买报纸的活，尽管他从不喝牛奶，也没时间看报。女人起得比男孩还早，因为那会儿妈妈的身体很不好，被神经性失眠、胃病折磨得够呛，早上那阵往往是妈妈睡得最香甜的时刻。而爸爸呢，似乎永远有加不完的班，出不完的差。我想，就算不是这样，女人也会这样做的。女人原本可以替她儿子做拿牛奶、买报纸的活，可她宁愿唤起熟睡中的儿子……

　　或许是穷人的孩子早当家、早懂事的缘故，男孩在省重点中学读快班，成绩依然排在班上前几名。我比男孩大四岁，当时在技校读二年级，他的成绩单和三好学生的奖状，让我嫉妒不已，甚至让我感到某种压力，因为爸妈那会儿很喜欢拿男孩同我做比较，最后总是以如果男孩是他们的儿子，他们睡着了都会笑醒作为结束语，这多少让我觉得很没面子，有点下不来台。渐渐地我对母子俩开始变得冷淡，甚至无礼地问过他们，什么时候从我家搬出。

　　正因如此，女人总是让男孩处处让着我。男孩的功课比我多，比我重，但他从不用光线明亮的大房间的写字台，而是趴在他们小房间的床上，垫上一块木板完成作业，即使没人用写字台，男孩也自觉这样做。如果男孩与我碰巧想干一件事，比如都想上厕所，或者都洗手时，男孩会自觉地站在后面，哪怕是他先到的，仿佛我俩当中大四岁的是他一样。

　　但有时男孩也会忘记女人的话，他很喜欢体育，喜欢足球。有时星期天，男孩和我一块在客厅看电视，男孩会小声对我说："哥，放那个有足球的频道……"正在拖地的女人会狠狠瞪自己的儿子一眼，男孩就不吱声了，但没一会儿他还会和我提出这个小小的要求。女人也不骂男孩，也不打男孩，她会把男孩叫到她的小房间，没一会儿，小房间就会传来女人的哭声……

　　有时，到了晚上六七点钟，仍不见男孩放学回来，女人会一边洗碗，一边不时焦虑地望着窗外，我会幸灾乐祸地想：那小子定是在学校踢足球忘了钟点。果不其然，门外传来男孩小得不能再小的叫门声，男孩浑身沾着球场的泥巴，甚至连脸都成了大花脸。过一个小时后，男孩肯定会十分难过地到客厅求我爸妈劝劝女人别哭了……

在那会儿，我特怀疑女人的眼泪是假的，她的哭像是在做戏，怎么说来就来呢？我甚至在想，她是不是得了一种病，叫"泪腺发达症"……爸妈的解释是，女人没什么文化，就小学毕业吧，也说不上什么道理，情急无奈之下只能采取这样的方式了

其实，我妈和我外婆还有很多人都劝女人别等在牢里的男人了。女人长得其实挺美的，我想，如果她略施粉黛，不比电视上的广告美女逊色。也有许多人热心当媒婆，为女人撮合婚事，女人也见过其中几个。那天，她也曾把其中的一个较为满意的男朋友带到我家来。等女人男朋友走后，小房间里传来了男孩大声质问声："我有爸爸，警察叔叔抓错人了，爸爸会放出来的，等爸爸出来后，我会和爸爸说的……"临睡前，我看见女人在小房间的门外悄悄抹眼泪，从此女人再没见过任何男友……

我不得不承认，男孩是个非常聪明的家伙，什么事他都爱琢磨，他一直缺个笔筒，上次问我借，结果没借到。嘿，那次男孩回家捧着废旧的空可乐易拉罐像个宝似的，琢磨开了，没一会儿，就用剪刀铰了个简易笔筒，女人又用老虎钳将笔筒修了个花边，还用锉刀把棱角处打磨得十分平整，男孩微笑而赞许地看着女人，女人也难得会心一笑望着男孩。后来，母子俩还送了我一个易拉罐笔筒，那笔筒拿在手里很轻，但细细那么一端详，真有点工艺品的味道，我顺手插上两支笔，放在写字台最醒目的位置上，心里的感觉便有些沉甸甸的。也没过几天，母子俩用易拉罐做的天鹅状的烟灰缸，甚至肥皂盒便充斥在我家的客厅、茶几、厕所了。

男孩已经很久没再很晚回家，没再踢过足球，不是因为他"改邪归

正"，而是他的足球鞋破得不能再破了……

不过，那次女人参加完男孩的家长会后，很快给男孩买了双簇新的足球鞋，这双鞋可不便宜，足足花去她两个月的工资与奖金。原来，女人在参加完家长会后，看见学校贴的海报，上面写着参加市里足球比赛选拔人员名单，男孩排在第一个，男孩名字后面的括号里清楚地写着"队长"二字。那晚，男孩看着簇新的足球鞋兴奋得流下了眼泪，并信誓旦旦地保证，参加完比赛要把自己的期末成绩排在最前面，不久男孩果真实现了他的诺言。

在那以后很长时间里，男孩很听女人的话，不过有一次竟出现了意外。

那天，男孩放学特别早，碰巧听见我们一家和女人在议论他爸爸诈骗罪的事，他第一次十分无礼，几乎是冲着我们所有人咆哮着，他爸爸是被冤枉的，说完，就冲了出去，我们一家和女人都没追上他……

那天晚上也没见男孩回来睡觉，我们找遍了所有能找的地方。到了第二天的傍晚，市郊的监狱打电话来说，男孩在他们那儿，不过遗憾的是，男孩的爸爸并不在那家监狱服刑，男孩要我们保证今后不准再说他爸爸是诈骗犯才肯进家门……

三年后，母子搬出了我们家，因为男孩上高中了，他成绩好，学校第一次破例让住在本城的学生住校了。那年女人也下岗了，她找了一个她认为是非常好的活，在某装饰城白天当清洁工，晚上当守夜人。有时在装饰城里扫完地，她会帮老板上货、卸货，到月底的时候，老板都会意思两个小钱。晚上，女人也会揽下替装饰城老板洗衣服的活，也能得几个辛苦钱。听妈妈说，女人在装饰城的活，其实特没意思，不管白天或晚上，人不能轻易离开，整个儿被时间给箍死了，连个电视都没有，没了一点娱乐，剩下的也就是在捆扎老板们不要的报纸时，看上两眼过时的新闻吧……

　　说真的，母子俩搬出小房间后，我有很长一段时间不习惯。首先，家里的饭菜不合口味了，女人弄的菜颜色搭配得我看着就想加饭，我还会愧疚地想起，女人总是往我饭盒里压好菜，而自己儿子的饭盒上似乎全铺着一些下市菜。再说也没人在星期天同我打羽毛球了……

　　女人的汗水、眼泪总算没有白流，男孩十分争气，在高二那年参加世界中学生奥数比赛，拿了两个金牌，被美国一家著名大学看上，人家大学给的条件很不错，好像学费全免，还有全额奖学金……

　　妈妈、外婆几乎所有人都说，女人的苦日子总算熬到头了，果不其然，女人很快收到了男孩从美国勤工俭学挣来的美元。男孩在信中让妈妈别在装饰城干了，以后，他会养活她的，他甚至还在信的结尾处，十分动情地劝妈妈再找一个合适的男人，只要她满意，真心对她好，他就认这个爸爸。

　　后来，我在本市一家晚报的副刊上读到男孩写的一篇文章，题目叫《妈妈的眼泪》。在文章的最后，他写道："起初，觉得妈妈是水做的，稍微一生气，一有火就会把眼泪给烤下来……在美国的这些艰难的岁月里，才明白，一个单身妈妈眼泪里有太多的期望、太多的……"

　　大概在男孩去美国的第二个年头，女人因为长期劳累，进了医院，就再没出来过，按照她临终前的嘱托，我们没有及时告诉男孩……

　　很多人都说，女人没福气，没有熬到男孩把她带到美国享福的那天，起初我也持这种观点。去年，我做了父亲，方才体会到，女人是有福的。因为，大多数父母在孩子问题上永远像一个不成功的商人，投入是巨大的，金钱、时间、感情、牺牲，但往往都很少有回报，就算有，他们往往也会选择放弃。比如，女人始终没花男孩寄的一美元，而是用男孩的名字将所有的钱存了起来，甚至包括她自己省吃俭用从牙缝里硬抠出来的血汗钱……

那个女人是我苦命的四姨，那个男孩是我争气的表弟……

（摘自《读者》2005年第10期）

请帮忙系上

赵 岚

我一直不能忘记这一句话。这一句话来自我的母亲和我的一段经历。

中学时，我是住校生。每次离家前，母亲总不忘叫我带上一小袋米。因为我所就读的中学要求学生自己带米。

又是一次返校，校车上人很少，我的旁边只有一个戴眼镜的年轻人，我把那袋米放在那年轻人旁边的一个空位上，也许疲劳，我一上车就昏昏入睡了。车子一路行驶，我沉睡在我的梦中。

突然，一个紧急刹车把我从梦中唤醒，我睁开眼睛，浑浑然间感觉前面有一摊耀眼的白色。定睛一看，我大叫起来——"天哪，我的米！"不知何时，米袋口松开了，一粒粒的米顺着袋口滚落下来，摊成一摊白色。我失声大叫的时候，一个冷漠的眼神从旁边斜射过来，我看见一张脸，脸上满是不在乎的神情，仿佛在告诉我他看到了米滑落的整个过程，于是我心里所有的揣测都变成了一种肯定。刹那间，我的整个肺都气炸了，他怎么可以这样漠不关心，见死不救呢？世界上竟然还有这样的人存在！我不知道我应该用哪种方式去平静自己，我只是蹲在那个年轻人的面前，用双手一捧一捧地把米送回袋子，然后安静地等着下车。

此后，我一直被一种从未有过的愤怒所包围。

当我又一次回到家里，讲述那天车上的遭遇时，我余怒未消，用最狠毒、最丑恶的字眼来诅咒同车的那个年轻人。我满以为母亲会与我同样气愤，同声声讨这个年轻人的劣行。不料母亲却平静地说："孩子，你可以觉得委屈，甚至可以埋怨，但你没有权利要求别人去承担你自己的责任和过失；作为一位母亲，我希望我的女儿在别人的米袋口松开时，能帮忙系上。"

听了母亲的话，我顿悟了。我一直不能忘记这句话。

（摘自《读者》2001年第14期）

流泪的故事

胡 平

我的妻子爱珍是冬天去世的，她患有白血病，只在医院里挨过了短短的三个星期。

我送她回家过了最后一个元旦，她收拾屋子，整理衣物，指给我看放证券和身份证的地方，还带走了自己的照片。后来，她把手袋拿在手里，要和女儿分手了，一岁半的雯雯吃惊地抬起头望着母亲问："妈妈，你要到哪去？"

"我的心肝，我的宝贝。"爱珍跪在地上，把女儿拢住，"再跟妈亲亲，妈要出国。"

她们母女俩脸贴着脸，爱珍的脸颊上流下两行泪水。

一坐进出租车里，妻子便号啕大哭起来，身子在车座上匍匐、滑动，我一面吩咐司机开车，一面紧紧地把她搂在怀里，嘴里喊着她的名字，等待她从绝望中清醒过来。但我心里明白实际上没有任何女人能够做得比她坚强。

妻子辞别人世二十多天后，从"海外"寄来了她的第一封家书，信封上贴着邮票，不加邮戳，只有背面注有日期。我按照这个日期把信拆开，念给我们的雯雯听：

　　心爱的宝贝儿，我的小雯雯：你想妈妈了吗？妈妈也想雯雯，

　每天都想，妈妈是在国外给雯雯写信，还要过好久时间才能回家。

　　我不在的时候，雯雯听爸爸的话了吗？听阿姨的话了吗？

最后一句是："妈妈抱雯雯。"

这些信整整齐齐地包在一方香水手帕里，共有17封，每隔几个星期我们就可以收到其中的一封。信里爱珍交待我们按季节换衣服，换煤气的地点，以及如何根据孩子的发育补充营养等等。读着它们，我的眼眶总是阵阵地发潮。

当孩子想妈妈想得厉害时，爱珍的温柔的话语和口吻往往能使雯雯安安静静地坐上半个小时。逐渐地，我和孩子一样产生了幻觉，感到妻子果真是远在日本，并且习惯了等候她的来信。

第9封信，爱珍劝我考虑为雯雯找一个新妈妈，一个能够代替她的人。"你再结一次婚。我也还是你的妻子。"她写道。

一年之后，有人介绍我认识了现在的妻子雅丽。她离过婚，气质和相貌上都与爱珍有相似之处。不同的是，她从未生育，而且对孩子毫无经验。我喜欢她的天真和活泼，惟有这种性格能够冲淡一直笼罩在我心头的阴影。我和她谈了雯雯的情况，还有她母亲的遗愿。

"我想试试看，"雅丽轻松地回答，"你领我去见见她，看她是不是喜欢我。"

我却深怀疑虑，斟酌再三。

4月底，我给雯雯念了她妈妈写来的最后一封信，拿出这封信的时间距离上一封信相隔了6个月之久。

亲爱的小乖乖：

告诉你一个好消息：妈妈的学习已经结束了，就要回国了，我又可以见到你爸爸和我的宝贝儿了！你高兴吗？这么长时间了，雯雯都快让妈妈认不出来了吧？你还能认出妈妈吗？

我注意着雯雯的表情，使我忐忑不安的是，她仍然在专心一意地为狗熊洗澡，仿佛什么也没有听到。

我欲言又止。忽然想起雯雯已经快三岁了，她渐渐地懂事了。

一个阳光明媚的星期日，我陪着雅丽来到家里。

雯雯呆呆地盯着雅丽，尚在犹豫。谢天谢地，雅丽放下皮箱，迅速走到床边，拢住了雯雯："好孩子，不认识我了？"

雯雯脸上表情瞬息万变，由惊愕转向恐惧，我紧张地注视着这一幕。接着……发生了一件我们没有预料到的事。孩子丢下画报，放声大哭起来，哭得满面通红，她用小手拼命地捶打着雅丽肩膀，终于喊出声来："你为什么那么久才回来呀！"

雅丽把她抱在怀里，孩子的胳膊紧紧揽住她的脖子，全身几乎痉挛。雅丽看了看我，眼睛里立刻充满了泪水。

"宝贝儿……"她亲着孩子的脸颊说："妈妈再也不走了。"

这一切都是孩子的母亲一年半前挣扎在病床上为我们安排的。

（摘自《读者》2001年第20期）

漫长的告别，亦是相聚

明前茶

一

"与父母告别，是人到中年最不愿深想，却又不得不面对的功课。"
于辉说这话的时候，是两年前的中秋节，她的老父亲刚被诊断为肺癌晚
期。她心里很乱，主治医生跟家属交代各种注意事项时，她只见医生的
嘴在翕动，却完全没听明白医生在说什么。她内心只有一个念头在轰响：
我的父亲，多才多艺、永远是家中顶梁柱的父亲，居然要倒下了，这是
多么荒诞的事情啊！

于父是南通一所大专院校中文系的副教授，退休后回到乡间生活。他
在老宅周围的隙地上种花，用了十多年时光，将老宅改造成花园中的房

子。在于辉姐弟的眼中，什么活计都难不倒父亲。他会好几种乐器；他的书法亦写得很好，一到过年，全村的春联都归他书写；他还有一手好厨艺，于辉记得自己读博士的时候正在怀孕，那年端午节，父亲突然背着一个大背篓，出现在博士生宿舍，给于辉和室友们带来色香味俱全的硬菜：红烧鳝段、红烧蹄髈、十三香龙虾，还有一大包咸蛋黄肉粽。

退休后，父亲还迷上了视频拍摄和剪辑，将自己的乡居生活、所见所闻、花开花落都拍摄成小视频，配上音乐、字幕，传给远方的儿女看。他一直是个无所不能的中年人的样子，所以，于辉虽然已经结婚生子、年届不惑，但只要回到娘家，就感觉自己还是一个备受宠爱的少女。父亲会骑自行车带着她去赶集，给她买山药蛋做的糖葫芦吃；父亲会观察卖风筝的手艺人是怎样做软翅风筝的，将那些复杂的工序都记在心里，回家后，立刻去家中竹园，砍竹削篾，为女儿也做一只。所以，只要回到娘家，于辉就能休养生息，从中年返回少年。父亲的健硕与能干，让她误以为这种生活是永恒的。而今，命运突然在暗处发出裂帛之声。

二

于辉姐弟没有把病情的严重程度向父亲和盘托出，但父亲是何等聪明之人，于辉不相信能瞒得过他。

表面上，父亲是豁达的：出院后，儿孙频繁地来探望，他依旧平静地带着小拖车，与母亲一早就出门买菜；他会写"秃头老于又回来了"之类的行草，裱好，张挂起来，来调侃自己的变化，得意于在病魔收拢爪尖的时候，自己依旧从容洒脱。但知父莫若女，于辉依旧会敏锐地捕捉到父亲的慌张。

他的药快吃完了，新买的药刚用加急快递发货，他为此焦虑了一天；他记不起专家的名字了，满脸是迷路小孩的惶恐；包饺子，他忘了放盐……他忽然而至的软弱与慌张让人揪心，是的，若不是深受病情的打击，像父亲这样坚强的人，何至于看到紫薇花的颜色由浓转淡，就落下泪来？他也不至于看到女儿在微信朋友圈晒出往返老家的一百多张高铁票，就忐忑不安地问："闺女，都是我拖累了你，将来，回想起这段生活，除了劳苦，你会觉得一无所得吗？"

最后这句话提醒了于辉，她意识到，要令父亲感到安心，两代人都必须像扬去稻谷中的稗子一样，用力晃动自己的所思所想，扬去那些临近告别时分的惊慌、软弱与忧郁。她必须为每周回家探望父亲的漫漫长途，寻找新的意义。

她记起自己看过的电影《遗愿清单》，一位亿万富翁与一位黑人汽车修理工同样步入了生命的倒计时，他们是怎样完成生命中的未了心愿的？

这个充满感伤与吸引力的命题，如今也来到了她的生活中。因为父亲的病，于辉的先生推掉了去北京进修的机会，弟弟关掉了他的麻辣烫店，一家人整整齐齐地围绕在父亲身边。如果仅仅是为了陪伴父亲度过最后的时光，只剩下面对病魔的无奈与感伤，那么，家人的探望越是频繁，家人的爱越是深厚，家人对他越是有求必应，父亲心中累积的负疚感恐怕越是沉重。

她必须想办法，让父亲感受到自我的价值，从而平静安然地接受这些为了告别的相聚。

三

于辉想出的办法，是与父亲一同重读《唐诗三百首》。她的理由是，作为理工科博士，她如今专门与发电厂的管道材料打交道，文学方面的记忆已经被消磨得差不多了，她想补补课。父亲听闻自己还有这等余热可以发挥，欣然应允。他特意请人在庭院中搭了一座竹木小亭子，收了农家晒干的稻草来铺盖亭顶，并在亭子里安设茶几一张，软凳三两只。天气好的时候，就与女儿在里面喝茶、品诗。

父亲通晓音律，有时，他还为唐诗《春江花月夜》配上曲调，吟唱出来。从"春江潮水连海平，海上明月共潮生"的开阔，到"江天一色无纤尘，皎皎空中孤月轮"的喜悦；从"不知江月待何人，但见长江送流水"的怅惘，到"此时相望不相闻，愿逐月华流照君"的深情……他吟唱时，于辉在一旁弹拨古琴。一曲毕，二人久久不言，沉浸在春江月夜的场景中，完全忘记了尘世中的种种无奈与苦痛……从一年前的初秋开始，每个周末，于辉都会回家上一堂这样的"诗词课"。这使她想起美国作家米奇·阿尔博姆的《相约星期二》中，罹患渐冻症的大学教授莫利，将自己的生命当作活教材，与他的学生相约在每周二，讲述为期14堂的"生死课"。于辉私下里期待，父女俩的课可以上得久一点，再久一点。上完唐诗，还有宋词；上完宋词，还有元曲。

父亲偏爱沉郁顿挫、悲凉慷慨的杜诗。一谈起杜诗来，他就忽然恢复了当年在讲台上的精神头，踱步来去，敲打案几，为于辉领悟的确切而激动，或者为于辉感受的浅近而焦急。他忘了自己还有多少时间，忘了一针自费药的价钱，忘了化疗时那翻江倒海的难受劲儿。他豁达地说："女儿，我竟然有机会重讲杜诗，我要感谢你，不知道为什么，讲起诗歌来，好像生老病死都不那么可怕了。老爸虽然没有老杜的才气，没有给你留下一首好诗，可将来，你会记起这个月夜，记得多少年前老爸是怎么跟你说杜甫的诗的，那一天你会忽然记起我来，我们就好像重逢了。"

终于，父亲不再为他的病如此拖累儿孙而满心歉疚了，他接受了于辉的说法："现在的人忙于生计，都聚少离多。但是老爸，你这一病，让我们明白，人间最珍贵的是什么。"既然短的是相聚，长的是分离，成年子女与父母之间，可以交心的相聚就更难得，所以应该对这种相聚心怀感恩。

又一个秋天到了，桂花香了，剃了光头的父亲还活着。在父亲的"吟诗亭"里，父女二人围绕古诗的漫谈还在继续。于辉意识到，亲情像桂花一样，近嗅香味浅淡，若你在月夜下远远行来，它却像风中的蜜糖一样丝丝流淌。它如此浓烈，给你安慰，让你意识到，生之幸福、爱之幸福，是告别也泯灭不了的。

（摘自《读者》2021年第5期）

最重要的部分

剑气箫心

"妈妈，快看！"这时，我的女儿达拉伸出小手指着正在天空中翱翔的小鹰，兴奋地叫道。

其时，我正一边驾驶着汽车，一边思考着上司给我安排得满满当当的工作，因此，对女儿的话我没往心里去，只是心不在焉地"噢"了一声。

顿时，女儿那天真的小脸笼罩了一层乌云。我看得出她很失望，但又不知道究竟发生了什么事，于是连忙问她："怎么啦，宝贝？"

"没什么。"我那7岁的女儿答道。然后，她就沉默不语了。就这样，一路上我们谁都没有再说话。快到家的时候，我放慢了车速，一边开着车，一边向前面公路两旁那片茂密的树林里张望着——我期待着能再次发现那头患有白化病的小鹿，它通常在傍晚时分出现在这里。但是，今天始终没有发现它的身影。"哦，今天晚上，小鹿可能有许多事情要做。"我说。

回到家里之后，我立刻开始忙碌起来，准备晚餐，洗澡，打电话……直到睡觉之前，我几乎一刻也没有闲着。

"快点儿，达拉，该睡觉了！"此时，我实在是累坏了，有气无力地催促着她。她快步从我身边走过，"噔噔噔"地爬上楼去，我也跟着走进她的房间，看着她钻进被窝。然后，我俯下身子，替她掖好了被子，轻轻地吻了吻她的小脸，说了声"晚安"，就准备转身出门。

"妈妈，我有一样东西忘了给您！"她突然说道。

但是，此时，已经疲惫不堪的我已经没有耐心再听她说话了。于是，我就敷衍道："明天早晨再给我吧。"

她却摇了摇头，反驳道："明天早晨您哪有时间啊？"

"我会想办法抽时间的。"我辩解道。一直以来，我总有这样一种感觉，有时候，不管你怎么努力，时间都会像沙子一样从指间流走，似乎永远也不够用。我就是这样——似乎永远也没有足够的时间放在女儿和丈夫身上，在自己身上就更是如此了。

于是，她生气地皱起了她那长着雀斑的小鼻子，使劲地拂了一下她那栗色的头发。

"不，您不会的！就像今天我让您看小鹰的时候，您根本就没注意我说的是什么。"

哦，上帝，我实在是太累了，不想跟她再继续争论下去，尽管她说得很对。于是，我说了声"晚安"，就走出了她的房间，并"砰"的一声，重重地带上了她的房门。

我躺在床上辗转反侧，怎么也睡不着，在我的眼前总是闪现着她那双蓝色的眼睛。是啊，到她长大成人，离开我们独自成家立业之前，我们在一块儿共同生活的时间还能剩下多少呢？

这时，丈夫问道："怎么啦？这么闷闷不乐的。"于是，我就把这件事的来龙去脉告诉了他。

"也许她现在还没睡着呢，过去看看吧。"他建议道，那种语气完全像是一个家长在对孩子说话。我接受了他的建议，同时，我也感到遗憾，为什么我自己就没这么想呢？

于是，我蹑手蹑脚地来到她的门口，轻轻地推开房门。此刻，窗外那皎洁的月光穿过窗户照进屋来，柔柔地洒在她娇小的身躯上。在她的手里，紧紧地攥着一团揉皱的纸。我悄悄地走到她的床边，轻轻地掰开她的手指，想看看究竟是什么东西害得我们母女俩不愉快。

当我把那张纸摊开的时候，我的双眼顿时湿润了。虽然，那张纸已被她撕成了碎片，但是，我仍然能够辨认出那是一颗大大的红心，在这颗红心的正中央，她还写了一首诗——《为什么我爱妈妈》。

我小心翼翼地收拾起这些碎纸片，然后走出她的房间。当我把这些碎纸片重新拼凑起来的时候，我终于看清了她写的那首诗：

> 为什么我爱妈妈
>
> 尽管您很忙，并且非常辛苦
>
> 但是，您总是抽时间陪我玩
>
> 我爱您，妈妈！因为
>
> 我是您繁忙日子里的最重要的部分。

顿时，我的双眼盈满了泪水，女儿的话就像利箭射中了心脏一样，深深地刺痛着我。没想到，7岁的她竟然像所罗门一样充满了智慧。

10分钟后，我端着一个托盘再次走进她的房间，托盘上放着两杯加了果汁软糖的热巧克力和两片抹了花生酱的果冻三明治。我把托盘放在床头柜上，然后轻轻地在她的旁边坐下来，深情地看着她那稚嫩的脸，忍不住伸出手去，轻轻地抚摸着她那光洁平滑的脸颊，内心充满了无限的爱怜。

这时，她醒了，眨着惺忪的眼睛，那乌黑的、长长的、浓密的睫毛也像扇子一样随之扇动着。然后她看到了那个托盘。

"这是给谁喝的？"她问道。显然，她对我半夜还到她的屋里感到非常不可思议。

"当然是给你喝的啊，因为你是我繁忙日子里最重要的部分！"

她不好意思地笑了。然后，她困倦地直打哈欠，就喝了半杯巧克力，又躺下睡觉了。当然她不可能真正理解我说的那句话里所蕴含的意思，也不可能完全听出那里面所饱含的浓浓深情……

（摘自《读者》2013年第24期）

父与子，在路上

青衣佐刀

12岁到18岁，对一个少年来说，是其人格发育最关键的时期。这一阶段，我持续关注着儿子陈天成的成长。我不望子成龙，也从未有过要为儿子规划人生的想法，更不强迫他去做自己不喜欢做的事，但我还是想在这个阶段能为他做些什么。

2012年川藏线骑行

在他还很小的时候，我就想过要来一次川藏线骑行，后来考虑到高原路途的艰难和缺氧会伤害他，最终放弃了。转眼到2012年暑假，儿子14岁了，看着他1.76米的个头，我觉得该出发了。

当我们在川藏线骑行3天后，几十公里的艰难上坡让我原本拉伤的半月板终于碎裂，右膝关节内侧疼痛难忍，之所以还能坚持下来，其实，也是做给儿子看的。否则，我早早就会放弃，而不必用冒着一条腿残废的风险来做此行的赌注。

那次骑行，我们有3个约定：第一，整个过程的食宿、线路安排都由儿子定，我只做顾问；第二，整个过程必须骑，再累都不能推着走；第三，骑到拉萨后，将我的稿酬和儿子的部分压岁钱，捐给西藏道布龙村完小的孩子们。

第一条约定是想培养孩子的综合素质，第二条是想让孩子经历磨难，培养他坚韧不拔的精神，第三条则是想在孩子的心里种下一颗爱与分享的种子。那个夏天，我与儿子并肩骑行了22天，经历了各种危险、磨难，也欣赏了沿途无数美丽的风景。其间，有争吵，但更多的是彼此的关心和鼓励，还有快乐和感动。

在拉萨只休整了一天，我们就坐上一辆中巴，晃晃荡荡地去了浪卡子县。在完成了捐助后，中午，我俩在路边的一家小餐馆点了两菜一汤，我可以清楚地看到空气中、阳光里飘浮的尘埃。那一刻我的心里，竟产生了一种从未有过的充盈、愉悦、温暖、自由和满足的感觉，我明白了，帮助他人其实就是在救赎自己。

2013年徒步尼泊尔

2013年暑假，我俩去尼泊尔围绕海拔8091米、世界第10高峰的安纳普尔纳雪山重装徒步了14天，每天行程几十公里，到过的最高山口海拔为5800米。

这次旅程的起因可以追溯到儿子小学二年级时的一个夜晚。那时，我想让儿子参加英语课外辅导班的学习，开始他并没有同意。过了几天，我换了个角度对他说："老爸一直有个梦想，想去尼泊尔徒步，可是老爸英语很差，一直不敢出去。如果你能学好英语，等你初三毕业后，我们一起去尼泊尔徒步，你做老爸的翻译，好不好？"孩子想了想，答应了下来。

所以2012年我俩在川藏线骑行途中，就已经计划好了这次旅行的方法和目标：重装，不请背夫，所有的一切交给儿子去做。一是锻炼他的综合能力，二是锻炼他的交际、处事和口头表达能力。

环安纳普尔纳雪山线路，原本21天的行程，我计划压缩到14天内完成。于是，我们每天都要赶很长的路，而且要背30多斤的装备。第三天，儿子已经有些崩溃了，途中他对我说："老爸，太累了，我走不动了，我真想回家看书。"

攀登那个5800米的山口时，两天的路并成了一天，这让我们走得极其受挫。途中突然起了风雪，天色急速黯淡下来。最后200米的上坡路，我站在高处，看着儿子走两步歇一下的样子，心疼极了。我差点准备下去帮助他背包，可最终还是忍住了，只是在风雪中不断为他加油。后来，他上来时，嘴唇已经被冻紫，还低声对我嘟囔道："老爸，对不起，我实在走不动了。"我却感动得大声叫道："儿子，你太棒了！"

最后一天，因为天热，又加上一路遭受蚂蟥的袭扰，使我很恼火。晚上回到客栈后被告知，没有事先说好的热水可供洗澡，我的火"噌"的一下就蹿了上来。我冲着伙计大吼起来，围拢在门口看热闹的人越来越多，老板也来了，儿子站在门口不断向外面的人解释、道歉。

等围观的人散去，儿子一字一句地对我说："老爸，你今天根本不像我的老爸，你让我看不起。如果你真是这么想别人的，就说明你才是那样的人。我不屑再和你一起走了，今天晚上，要么我走，要么你走。"他说得斩钉截铁，眼泛泪花。

那一刻，我羞愧无比。我立马认错，对儿子说："儿子，对不起，是我不对，请你原谅。我下次再也不这样说话了，好不好？别让我离开就行。"

儿子想了想，沉默着径直走到床边，和衣面朝里躺下。尽管那晚他没再理我，我却因为拥有了一份从未有过的自豪感而窃喜。

2014年攀登雀儿山

2014年的暑假，我们一起攀登海拔6168米的雀儿山。在一号营地，他因为过长时间地穿着漏水的登山鞋，被冻感冒了，晚上开始发高烧。翌日，当我们到达二号营地时，他已经烧到40度，血氧含量最低时只有40多，躺下后便开始说胡话。后来吃了药，全身出汗，将羽绒睡袋都弄潮了。早晨醒来，我问他是否还能继续攀登，他说："老爸，没事。"

第三天，从二号营地到三号营地要攀上一个约100米高的雪壁，当他攀登到四分之三处时，本来松软的只有四五十度的雪坡陡然变成了将近70度的坚硬的雪壁。在此之前，他只参加过在一号营地时进行的不到一小时的攀冰训练，所以，那天我一直与他并肩攀登。攀登时，我注意到他每次踢冰时都极其费力，有几次差点滑坠。终于，他崩溃了，我看见他双手吊着冰镐，双膝跪靠在雪壁上，转过头，用一种近乎绝望的口吻对我说："老爸，我不行了，我肯定上不去了。"

那天，我最担心的就是他说出这样的话。那一刻，我的心里突然冒出一丝从未有过的恐惧。我提醒自己要镇定，想了想，最终做出一个决定，我大声对他说："陈天成，这时候，谁也救不了你，你只能靠自己了。"接着，我又补充了一句，"你试着用法式的方法攀登，借助上升器。"说完，我硬着心肠，头也不回地向上攀登而去——我不能留给他一点有可能得到帮助的想象空间。

最终，儿子成功了。我们到达顶峰时，风雪很急，我看到他的脸被冰块划破了十几道口子，嘴唇也被冻得乌紫，我很心疼，也很欣慰。

后来，攻顶下撤快到一号营地时，儿子突然对我说："老爸，这次真的感激你，如果没有你，我绝对上不去。"这是他第一次对我说"感激"两个字，那一刻，我觉得这些年的付出都值了。

人生的成功必须靠自己的努力，我所能做的就是尽量为他打开一扇窗，这很重要，因为窗里窗外，是两个境界。

（摘自《读者》2015年第16期）

与女儿一起成长

　　居住于南京的作家叶兆言，其实是个很没故事的人。他既不抽烟，也很少喝酒，更没有丁点绯闻去让媒体炒作。作为文学世家，从他爷爷叶圣陶开始，就形成了对人对物一向低调的家风，生怕坏了自己的清名。对于爷爷和父亲，叶兆言一直有种挥之不去的"敬畏情节"，留下了许多关于父亲的文字；但面对渐渐长大的女儿，身为父亲的他，又常处于一种不知所措的爱恨交织的感情之中。一方面，他一直用自以为是的"理论"管教女儿；另一方面，女儿则在潜意识里与父亲进行着多方面的抗争。直到有一天，看过女儿临出国前交给自己的日记本，叶兆言在震惊之余开始反省自己的父亲角色。

女儿写给父母的心灵日记

2000年8月，16岁的叶子作为金陵中学参加 AFS 国际交流的学生，要去美国读一年书。临出国的前一个月里，叶兆言夫妇总被一种紧张的情绪包裹着，今日想要买些啥，明日又盘算着还得备些什么东西，可女儿呢，整天像个没事人似的，喊她干什么，她就硬和父母对着干，而且晚上很晚才睡，早上则总睡懒觉，还一个劲地看无聊的电视节目，然后便大谈歌星。凡此种种，都让叶兆言很是"上火"，于是父女俩每天的争吵逐渐升级。对此，叶子在日记中写道——

亲爱的爸爸：

从刚才开始，我一直在想，今天该写什么，可惜你今天没有大闹，那么就谈谈你每天的小闹——闹我起床吧。

我每天晚上都是凌晨1点多睡，早晨一般8点30分开始就要接受你杀猪般催我起来的号叫，我的耳膜早已千锤百炼了。你是否知道一个人睡觉时的满足，那种舒适，那种安逸，那种甜甜的醉了一般的感觉，是一个只有名义上减负的中学生日夜渴求的，可是种种压力迫使这种美好的感觉总在刚刚萌芽后便告夭折。每天我总是带着满嘴的臭气，满肚子的火气，满脸的鼻涕，愤怒地爬起来，半睡半醒地做我的僵尸梦！我从没有半夜爬起来上厕所的习惯，所以不要因为你把我喊起来而得意万分。这不是你的功劳，而是我的膀胱承受不住了。

下面是写给妈妈的。亲爱的妈妈，有这样一首诗："慈母手中线，游子身上衣。临行密密缝，意恐迟迟归。谁言寸草心，报得三春晖。"记得初一刚入校，听到班上一男生背这首《游子吟》，觉得有点矫情。在我的脑子里，男生要么别做书呆子，要做书呆子也得有志气，应该背曹操的《观沧海》才对。偏偏我是丫头，该矫情的地方，想不矫情都不行。说实话，今天有个女同学和我告别，她眼泪都要下来了，我却一点也不悲哀，我想哭的日子在后头呢。妈妈，如果我在临上飞机前没有哭出来，你千万别伤心——这种可能几乎是零，除非我吃错了药。说实话，电影里的母爱都不是真的，不吵架的母女不会有太深的感情，因为在深恨一个人的同时，又发现自己在爱着这个人，这才是情感，才是一种正常的富有情趣的生活。在以后的一年里，你会充分体会到这一点，所以，我不会说希望你和爸爸一年不吵架之类的蠢话。

今天，我新买了钱包，回家后的第一件事，就是把你们的一张特傻的合影放在一打开就能看见的地方。看着，看着，我就想哭。我过去真自私，只想在皮夹里放自己的照片。我想，以后我也会放我男友的，可在接下来这一年，你们占据了这个位置——一个一丝不苟的父亲和一个傻兮兮的母亲。别生气，我爱你们！

女儿挨打后记下的只有宽容

有一天，叶子去买东西，路上丢了一顶帽子，叶兆言很生气地让她去找回来。当时的叶兆言不是心疼帽子，而是觉得自己女儿好像什么东西都不知道爱惜，出国后会为此吃苦头的。叶子见父亲如此唠唠叨叨，情绪也变得非常蛮横，嚷道："让我出去找帽子，怎么可能！"父女俩于是大吵起来。吃饭的时候，父亲和女儿都很不开心，彼此板着脸。吃完饭了，叶兆言对叶子说："你今天洗碗。"本来就一肚子火的叶子很不耐烦地说："我今天就是不洗。"然后转身进了房间，并把门反锁了。叶兆言气得起身去打门，叶子就是不开。当爸爸因此气得手直抖，冲叶子妈嚷道："钥匙呢？钥匙呢？"门开后，两声清脆的巴掌随之响起。

在日记中，挨打的叶子却用文字表达了自己对父母的宽容——

亲爱的爸爸：

今天，你打了我，差不多是我长这么大来第一次。我今年16岁，16年来你没有打过我，但却在我已经16岁时这么做了。我很难过，因为我不知道自己怎么糊里糊涂就挨了两巴掌。如果在以前，我一定会把你恨得要死，可今天，我却还能心平气和地坐下来，给你写信，因为我发现你要的是形式，而不是结果。

今天你在踢门时，我其实心里很紧张。我想起有个同学将自己反锁在屋里，对门外的她妈叫道："滚，滚远一点！"换在平时，我一定也会大吵大嚷，但今天，我想的却是：这是早晚的事（一个家长告诉别人自己从未打过孩子，没人会相信，即使信了，也会觉得是对孩子的过分溺爱）。打就打了吧，躲了今天躲不过明天。

当你铁青着脸，指着我说："告诉你，不要以为从来没打过你，就不会打你……"我连感到心寒的时间也没有，因此我一直不让自己哭得声音太大。今天这件事，我觉得自己很可怜，因为我一点面子也没了，你又打又骂，最后还让我洗碗。我觉得很丢人，有一种"偷鸡不成蚀把米"的感觉。我觉得自己没有犯大错，却换来挺重的惩罚，于是，我一直不讲话。知道吗？

我觉得这样可以保存点面子。

晚上看电影《乱世佳人》，见白瑞德对女儿宠爱无比，我泪水就流出来了。后来她女儿骑马摔死了，白瑞德悲痛欲绝。我一下子觉得，其实你对我也很好，只是表达的方式不一样吧。

今天胳膊上被你打过的地方挺疼的，肉一条条地都鼓起来了。我一边洗碗一边想，明天出门后，我跟别人解释说是在楼梯上摔的，别人肯定不会相信。不过，好在现在已不那么疼了。

亲爱的妈妈：

今天爸爸在打我时，你不该在一旁煽风点火，我很不喜欢你这样。如果你帮着我说点话，今天我说不定就可以少挨几巴掌。你应该向《乱世佳人》里的媚兰学一学，做一个宽容而博大的女人。当然，这个要求高了点。算了，不提了。

女儿教双亲学会替自己操心

叶兆言虽不是个严厉的父亲，却是个唠唠叨叨的大人。女儿出国在即，他的情绪始终紧绷着，一见女儿看报纸的娱乐版，或把电视频道锁定在无聊的肥皂剧上，嗓门立刻会大起来，动不动就把叶子弄得泪眼汪汪的。甚至，为把护照放在哪里的问题，他们父女俩也会争得面红耳赤，而这一切竟都缘于叶兆言对于女儿独自远行的不放心。

对此，叶子在日记中这样安慰父亲——

亲爱的爸爸：

刚刚为了整理包裹还吵得不可开交，可你在叮嘱我怎样进机场时，竟是那么仔细。我挺难过，以后的11个月里，再没有一个人会这样苦口婆心地教导我了。等真进了机场，我一定会哭得很失态。

明天我就在地球的另一端了，我们之间将隔着一个太平洋。在以后的11个月中，你和妈妈必须适应没有我存在的日子，到那时，你们就知道心里苦了。

我希望你们要特别特别注意安全。从上海回来千万别走高速路，那样好危险的，别光图快，还是安安稳稳地坐火车吧。平时注意交通安全，骑车时要慢一点，游泳时悠着点儿，散步时少从高楼下走。每天临睡别忘了锁门、关锅灶。还有，最好买一个灭火器放在家里。

总之，你们都不小了，要学会为自己操心！

还有，你现在脾气特不好，像是处在更年期，所以对于同样火爆性子的老妈来说，还是忍着点儿吧——忍一时风平浪静，退一步海阔天空。

还有，有一点浪漫是男人（你不会介意我用此词吧？）的必备武器，很有用的。这点教是教不会的，首先需要男性骨子里有感性意识，你如果能做到，困难会大了点，不过，重要的是过程，而不是结果嘛，意思到了就行了。注意劳逸结合，累了就歇，劝老妈也这样。还有，你必须为家里请个钟点工，尽管你们是两个人，可房子一点也没变小呀。另外，也别搞得我们家请保姆像是为了我一样。

这是我这册本子里最后一篇写给你的信！别看你一会儿就看完了，我可是写了好久，算算写给你和妈妈的加起来，应该不少于18000字了，还是蛮多的。我为此感到很满意，对我这样一个懒人来说，这可是一个不小的业绩。

我不知道应该以什么样的话收尾，废话已说了好多。

那就用句最俗的：爱你一万年！

父母和孩子，谁比谁更懂事

叶兆言夫妇做梦也没想到女儿叶子会留下如此美丽的一本日记。作为父母，他们总觉得女儿不懂事，可女儿日记上所记的内容，让他们明白了，其实真正不懂事的，是一些自以为是的大人。叶兆言曾一再感叹，他觉得女儿没什么爱心，因为在现实生活中，差不多都是父母在为她服务，包括帮她叠被子、帮她倒水、半夜里起来帮她捉蚊子、强迫她喝牛奶等等。也许正因为这些本能的爱已有些畸形，便忽视了一个最简单的事实，这便是女儿已经长大，她不再需要婆婆妈妈和唠唠叨叨，她需要的是另一种关爱，即理解。叶兆言不得不说自己真的深为女儿所感动，因为女儿在日记里表现出的那种爱和宽容，那种对父母的理解，让他无地自容。叶兆言感慨："大人真不该总是以居高临下的态度看待孩子眼中的一切。学无先后，达者为师，试着和孩子们在同一起跑线上走未来的路，家长会更早地赢得他们的尊重和欣赏。"

后来，女儿叶子在美国的很多表现也让叶兆言咋舌，尤其无法理解的是，她每天都坚持游泳4小时，多的时候，一次竟能游8000米，而且没有任何功利目的，既不是为了比赛，也不是为拿学分。叶子告诉父亲，美国人是崇尚运动的，游泳能令人保持一种积极的状态。

而自从美国学习回来后，向来心高气傲的叶子也学会反思了，这对叶兆言触动更大，因为女儿以前从不向人低头认错，现在只要是她做错了什么便会说：“我很抱歉，我很愧疚！”这一点，既让叶兆言特别兴奋也有点惭愧：为保有作为父亲的权威，他即使做错了也从不向女儿道歉，看来女儿已先他一步懂得了“尊重”一词所彰显的人格魅力。

面对女儿的转变，叶兆言如今常说：“我正在和女儿一起改变，一起成长。小女曾说过，我这个当作家的父亲让她还没有学会欣赏之前，就先教她学会了批评，这一点真让我汗颜。所以奉劝天下父母，多给孩子一点赞美，让他们从小就会欣赏世间的一切。父母对孩子的爱是没原则、没是非的，对于父母，孩子无论成功与否，都要接受。能不能出人头地，是他们自己的事，各人头上一方天，没必要强求小孩干什么。人生是一步一步走出来的，能把每一步都走踏实了，这就很好。”

另一种旅行

丘 山

妈妈常常招呼都不打一声就旅行去了。

说是旅行，其实去的并非是名胜古迹、著名景点之类的地方，妈妈的旅行只有一个目的地：乡村。有次，她去了一个"连屋里都是泥巴地，一到晚上就没电"的小村落，回来时拎着村民送给她的一大袋了鸡蛋。"全是在他们自家鸡场里现捡的，非要塞给我，说是没污染。我怕打碎了，一路上不敢睡觉，一直抱着抱回来的。"妈妈说。

对这种毫无预兆的出行，爸爸颇有微词。那之后，妈妈每次出发前都会包好几格饺子冻在冰箱里，像是说：抱歉啦，下乡去了。

这旅行一点也不惬意。有的长途车像拖拉机，开起来颠簸冒黑烟不说，还扬起满天满眼的沙。妈妈跳下车，找着一家客栈稍事安顿，就独自循着麦田而去了。有一次，她跟花花草草玩得忘了形，后来发现迷了路，便走了好一阵到一个村庄问路。几个村民立刻围拢过来给她指方向，还问要不要摩托送。她犹豫了会儿，拒绝了。没想到回客栈的路越走越长，眼看太阳就要落山了。她紧赶慢赶，天色却暗得更快。这时远处来了个骑摩托的中年人。她连忙托他把自己送回客栈。那男人只说了声"你坐好"，就载着妈妈赶路。等把她送到了客栈，他钱没收一分，一踩油门就又呼啸着开走了。"当时我坐在摩托后面，心里直打鼓，现在，我为我心里打的鼓点子很是羞愧。"妈妈说。

后来妈妈去的一个湾子，临水靠山，河面长满青苔，岸边遍布野草。村民很有些自豪地对妈妈说：已经用上自来水了呢。村民说50年前，这里还来过一个河南的讨饭女人，带着个小孩。母子二人在湾子里转了三日，才被一户人家收留。那家人有兄弟两个。大哥本来在学校教书，遭人诬陷后坐了几年牢，放出来的时候头发都白了，大半年说不了话。二哥考取了清华，却被大队里的"革命派"压着，不让去北京念书。给妈妈说这故事的正是大哥的女儿，妈妈称她小英嫂。她拿出五个大小各异的簸箕给妈妈看，说这全是叔叔手工编出来的。妈妈挨个接过去细看，果然都精巧异常。小英嫂又指着自家屋顶说，这房子也是叔叔盖起来的。有年村子里来了个瓦工，他就去给人当小工。只打了三天下手，就偷着把泥瓦活全学会了。房子住到现在还没倒，小英嫂止了话头，又笑道：叔叔现在快70岁了，也没有娶妻，一直打着光棍，窝在这穷山沟里。告别时，小英嫂又塞给妈妈自己种的青菜，嘱咐又嘱咐：一到家就得吃，要不就不新鲜了。

从那个湾子回来后，妈妈像被勾起了心事。有天忽然跟我说起她第一次下乡的事。那时她才14岁，是那批下放的知青里最小的一个。她每天"发了疯似地割谷插秧，就为了能早点回去"。太阳毒辣辣的，每个人头上都戴着斗笠挡阳光，可斗笠很沉，低头低久了就往下滑，脖子都要被压断了。有人受不了，干脆摘掉斗笠干活，当时倒是蛮轻松，结果晚上回去一身水泡，肩膀上都晒脱了皮。有时妈妈一边在田里干活一边唱歌，村里的女伢就跟她学。不干活的时候，妈妈一个人背着画板爬到半山腰画素描。画画之前一定要先对着远山大喊几声，然后听着回音躺下来，静静看着天上的云。"不知道亲人怎样，不知道自己会怎样，但死，是从来没有想过的。"

妈妈的旅行说走就走，但也有别于凯鲁亚克式的"在路上"，也和时下有关旅行的一切潮流不合拍。她的旅行既土气，又辛苦，没有血拼，只有故事。或许是被年华的衰老所触动，或许是始终无法逃出往事，妈妈一次又一次朝着乡村走去，一次又一次在旅行中摸索，穿过浓得化不开的迷雾，触摸年少时与亲人流落四处的日子。当过去已经尘埃落定，湖水、远山、芦苇荡、油菜花，无不摆脱了绝望，都显得亲切可爱起来。但乡村的人烟日渐稀少，老牛在新辟出的柏油路上散步，建"高档度假村"的说法似乎也不只是传言了。只有这短短的宁静，妈妈追赶着正在消逝的它。

（摘自《读者》2012年第11期）

父爱倒计时

林维兵

培养生存技能：遇到贼时喊不喊

朱凡20世纪60年代出生于广州，在国内取得历史学博士学位后移民加拿大，1994年回国创业。丰富的生活阅历告诉他，生存技能是人活在世界上的立命之本。培养孩子掌握生存技能，不仅应教育孩子独立解决基本生活问题，还应告诉孩子遇到突发事件时如何机智地应对。

每次带着妻子张晓红和小儿子朱承恩逛街，朱凡都会让他们走在马路外侧，而自己走在马路内侧。有一次，小儿子问爸爸为什么这样，朱凡告诉他："这是对你们的保护，因为马路内侧比较危险。爸爸是大人，大人保护小孩是应该的。"接着又对儿子进行延伸教育，"我们是男子汉，就应该保护女人和孩子。等你长大了，也要这样对待你的妻子和孩子。"儿子仰起小脸说："爸爸，我懂了。"

由于工作关系，朱凡夫妇经常去香港。在繁华的香港街头，朱凡总会指着醒目的标志告诉孩子："万一和爸妈走散了，你就往回走，回到这个地方，爸妈肯定会在这儿等你。"孩子记住了爸爸的话。一次在铜锣湾，二女儿朱嘉宝和爸妈走散了，她便去时代广场门口等候。果然没过多久，爸妈就出现了。朱凡通过这些事例告诉孩子：心中要有谱。

大女儿朱嘉盈上小学六年级时，一次放学回家告诉朱凡，最近常有社会上的小青年来学校门口打劫，她不知该怎么办。朱凡告诉她："如果他们只是想要你口袋里的零花钱，你把钱给他们就是了。"接着他讲了自己的一次经历。那天在闹市区，他看见几个小偷趁人多，向一个正在打手机的女子下手，周围有人看见了，但没人敢出声。见小偷人多势众，朱凡急中生智，假装自己是这里的住户，夸张地朝天大叫了几声，声音惊动了行人，那女子也发觉挎包拉链被拉开，顿时警觉起来。小偷不得不撤离，他的几个同伙则盯着朱凡，朱凡不理不睬，继续大叫，小偷及其同伙见状只得散去。

朱凡用这件事告诉孩子，遇到危险时要冷静，要机智应对。尤其是孩子，没能力保护自己安全，最好不要惊动犯罪分子。朱凡不赞成孩子与犯罪分子进行殊死搏斗，即使是帮助别人，也要学会先保护好自己。

得益于爸爸的教育，大女儿朱嘉盈学会了"智斗歹徒"。一天，她与一女同学走出校门不远，被几个一脸痞相的小青年拦住了，女同学当场吓得哭了起来，朱嘉盈却机智地向迎面走来的一位推着自行车的中年妇女喊道："阿姨，您来接燕子？她正在校门口等您呢！"小青年见她们来了熟人，赶紧散去。

2011年年底，广东佛山发生了轰动全国的"小悦悦事件"，学校发动大家就这件事展开讨论，朱承恩回来问朱凡："爸爸，如果我在放学路上也遇到这样的事，该怎么办？"

朱凡没有直接回答儿子，而是讲了这么一件事：一天他下班回家，经过东风西路的人行天桥时，见一个老人躺在那里，脸朝天，双眼紧闭，看衣着打扮不大像流浪汉。朱凡不敢去碰他，远远地观察了10多分钟，当时正值下班高峰，来来往往的行人似乎对这人都没留意。见此情景，朱凡掏出手机拨打110报了警。几分钟后，警察赶了过来，原来这人喝醉了，醉得不省人事。警察根据这人手机里的号码，叫来其家人将他领回了家。

朱凡告诉儿子："我没有接受过专业的急救训练，不能草率行事，否则会好心办坏事。所以最稳妥的办法，就是拿起电话打110报警或者拨打120急救电话。"儿子向朱凡竖起大拇指："老爸，你让我明白了在紧急情况下如何伸出援手。"

锻炼生活本领：人生处处充满管理学

人的一生就是一门管理学，不仅要管理自己的时间、身体、金钱，还要管理自己的情绪和情感。在朱凡看来，让孩子在16岁前懂得自我管理，孩子的未来就注定不会偏离正常轨道。

孩子升入小学三年级后，朱凡夫妇每周都会给他们发零花钱，起初是两元，后来随着物价上涨，相应提高到3元、5元。夫妇俩会引导孩子可以买什么东西、不可以买什么东西。与零花钱一起发给孩子的，还有一个记录本，孩子要在记录本上写下零花钱用在了什么地方，夫妇俩每周都会检查。老大朱嘉盈爱好收集贴纸，老二朱嘉宝喜欢吃雪糕，老三朱承恩对吃喝不感兴趣，每周都要买一本漫画杂志。记录本只坚持了一年，有这一年的管理和监督，三个孩子学会了自主支配零花钱，并在此过程中锻炼了诚实的品格。老大朱嘉盈读五年级那年，朱凡住院切除胆囊，出院后想起这两周好像没给孩子零花钱，于是他一次性补了8元，并向孩子道歉。晚上，老大走进他的房间将钱退给他："爸爸，您住院前已经给了，当时您说担心自己会忘记，所以就提前给了。"是的，孩子需要有压岁钱、零花钱，但他们千万不能被钱财污染了内心！

自我管理，还包括人际关系和情感。在人际关系方面，老大朱嘉盈让朱凡夫妇最为省心，她似乎天生就有做领导的才能，无论在国内上学，还是高一后远赴加拿大留学，她身边始终簇拥着一群同龄的男男女女。

老二朱嘉宝则属于"困难户"，她天性善良却没有知心朋友。记得小学毕业时，她伤感地告诉朱凡夫妇：小学六年，她是班上雷打不动的"老好人"，因成绩好，在老师的安排下，班上十多名差生都和她同过桌。朱凡夫妇教育她要懂得拒绝，还要懂得和人交心，因为一个人如果没有心灵上的知己，人生注定是孤独的。2011年下半年，14岁的朱嘉宝上完初二后去加拿大留学，开始尝试改变自己，主动与当地白人家庭的孩子交朋友，勇敢地去别人家做客。在收获知己的同时，她的人际关系也大为改善。

老三朱承恩属于"宅男"，且有几分清高，总想表现自己的与众不同：男同学邀请他去看《喜羊羊与灰太狼》，他不屑一顾，结果在学校里成了"独行侠"。朱凡夫妇对症下药：既然小儿子和同学交往有困难，那就让他先学会和邻居来往。于是，他们把儿子赶下楼，要求他每周至少去和邻居玩一次。开始朱承恩不情愿，但渐渐在与邻居打扑克、下象棋及聊天中得到了快乐，后来竟主动去和他们玩了。由此产生的连锁反应是，他与同学之间的关系也大为改善，有了铁哥们儿和朋友。

随着三个宝贝儿女一天天长大，朱凡夫妇最担心的是他们处理不好感情问题。老大朱嘉盈身材高挑，长得漂亮，且能歌善舞，早在小学六年级时就有小男生追到家里来。作为高知，朱凡知道，对于孩子的这些问题，与其去"堵"，不如主动疏导。他不说大道理，而是向孩子讲自己年轻时在恋爱上经受的挫折，也谈当初如何与孩子们的母亲一见钟情，他甚至这样告诉孩子："爸爸现在也有条件去找'小三'，但爸爸能不能那样做？当然不能！因为爸爸得对你们和妈妈负责，更要对自己负责！"

张晓红也是知识分子，她从另一个方面与孩子们沟通：坦诚地与孩子们谈性，谈男人与女人的生理结构，告诉他们过早逾越男女界线的伤害。

事情说清楚了，严重的问题就不成问题了。

将早恋这样的问题举重若轻地处理，朱凡夫妇收获的是放心。两个女儿无论是在国内还是国外，面对男孩子的追求，如果很讨厌这个男生，她们会直接拒绝；如果觉得这个男生还不错，她们会告诉对方："我们现在做朋友好吗？恋爱的事，长大再说啦！"

而小儿子得益于父母的教育，在这方面比同龄孩子多了一份成熟。

提高生命素质：有爱和梦想的人才有未来

每年过节，朱凡都会等孩子们睡着了，悄悄地把礼物挂在孩子们床边。可以想象，孩子们早晨醒来看到礼物后的欢呼雀跃。哪怕在朱嘉盈和朱嘉宝上寄宿中学后，朱凡也会特意拜托老师把礼物悄悄放到孩子床边，这让其他同学羡慕不已。

朱凡从不讳言人性的复杂，人都喜欢以自我为中心，唯有爱，才能克服人性中的弱点，让人变得善良、真诚、慈悲。朱凡夫妇经常带着三个孩子参加公益活动，不仅培养他们的爱心，孩子们还由此得以接触社会、锻炼能力。在敬老院里，孩子们和老人聊天，为他们唱歌跳舞，逗得老人很是开心。不但孩子们的才华得到了展示，更重要的是他们因此懂得，人应当对他人永远保有仁慈、关怀之心。

每月，朱凡夫妇至少要带孩子们去一趟公司，让他们体验实际的工作环境，知道爸爸妈妈的辛苦。"父母给予你们的一切并不是从天上掉下来的，而是努力工作挣来的，所以人应该学会感恩。"

爱的种子悄悄在三个孩子的心田生根、发芽。在老师对朱嘉盈的评语中，最让朱凡夫妇自豪的是这一句："不仅对人谦和，而且心地特别善良。"朱嘉宝学习成绩在班上不是最拔尖的，却最愿意辅导同学的功课。朱承恩呢，有时回到家，嘴里念叨的居然是："学校里那个做清洁的阿姨有段时间没来了，她是不是生病了？还是家里出什么事了？"这些微小的细节，让朱凡夫妇倍感温暖、欣慰。

爱，总是与梦想相伴。一家人都很喜欢周星驰《少林足球》中的这句台词：人，如果没有梦想，与咸鱼没什么区别。朱凡甚至因此在家里挂了一条咸鱼笔袋，将这句话写在上面，以激励孩子们要有梦想。朱嘉盈的梦想是当画家，朱嘉宝做梦都想进哈佛大学，朱承恩呢，每当有人问起，他会骄傲地说："我的梦想是长大后当国家元首！"

在实现梦想的路上，难免遇到困难和挫折。朱凡夫妇很少对孩子们讲大道理，他们的做法是：带孩子去农村，去更艰苦的地方。有一年，他们邀请一个来自江西贫困山区的孩子来家里做客，这孩子从没接触过电脑，当姐弟仨用电脑玩游戏时，他仿佛是在看西洋景。朱承恩带这个与自己年龄相仿的小哥哥去少年宫玩，对方睁大了眼睛问："啥叫少年宫？

是古代的宫殿吗？"这一切，让姐弟仨震撼不已：与眼前这个同龄人相比，自己是多么幸福；在学习和生活上遇到点困难，自己又有什么理由抱怨、恐惧甚至逃避？

朱凡起初向孩子们灌输"父爱倒计时，我只陪你们到16岁"这一理念时，曾遭到孩子们的反驳，认为老爸太悲观。年少的孩子哪懂老爸的良苦用心？每年，朱凡都会要求孩子们写作文《假如父母已经离开了我》。假如父母已经离开了我，我还有没有饭吃？我还能不能得到现在这样深厚的爱？我还能否继续上学？我会不会误入歧途？孩子们渐渐明白了父母的苦心，其实，父母是在以这种特殊的方式帮助他们成长。

通过生存技能、生活本领和生命素质3个方面的培养，姐弟仨健康成长。他们阳光、真诚、善良，遇事有主见，做事有分寸，懂得宽容和感恩。老大朱嘉盈在国内上完高一、老二朱嘉宝在国内上完初二后，朱凡夫妇让她们远赴加拿大留学，因为孩子的良好品行与独立人格，使他们放心让孩子远行。

在朱凡看来，人生如舞台，父亲这个角色虽然要演一辈子，但真正能够发挥这个角色作用的，也不过十多年光阴而已。

（摘自《读者》2013年第3期）

我的妈妈，流泪的妈妈

徐 芳

我是妈的大女儿，她管我管得严。

她给我们创作了一些格言，也算是我们的家规，关于吃的就有五六条：

比如吃要有吃相，坐要有坐相；

比如别人说话时要眼睛看着，别人吃东西时可别盯着看……

规定是规定，但这事得另说，我见过我的妹妹看着人家吃东西一副馋得要流口水的模样，很气愤地回家向她报告，她只当是没听见。我再说，她就拉下了脸：你是当姐姐的，要管好自己的妹妹。

平常家里大事小事的，因为我是当姐姐的，挨打挨骂的概率比两个妹妹大了许多，除了自个的原因，还常常得替妹妹们受过。这让我很不服。我常常要辩解，她常常就是这句话：你是姐姐……以四两拨千斤的判断结束我的话，要我接受惩罚：也许是跪洗衣板，也许是站门板后，这要看她的心情。

后来我就拼着挨打的可能顶撞：我不要做这个倒霉的姐姐了！

事情好像也没变得更糟。她只是在洗衣做饭的间隙里，对邻居抱怨：老大犟，这么大了还如何如何……也因为我是老大，所以关于"这么大了"的批判，也是永远的。

她并不打我，打我的是我爸。晚饭后，那是一个战战兢兢的时刻，我爸问话，上一句还是笑着说的，下一句就手拍到了桌子上"砰"一下，然后我妈过来拉……但我相信，他们的目标是一致的，是我，是我，还是我，因为我是"榜样"。

我这个"榜样"不争气时就会嚎啕大哭，只有少数几次因为心里想着革命英雄堵枪眼拼刺刀的壮举，才能够拼命忍住。

我读书在大家都不想读书、读书无用论甚嚣尘上的年代，可我爱读书，成绩一直都很好。考试成绩单出来了，我向两位家长汇报，可他们并不在意，尤其是我妈，哼哼哈哈的，像是听到了又像是没听到（我想起来了，她就从来不表扬我）。有了多次这样的待遇之后，我以为他们并不关注我的读书。我就自然地该干吗干吗，不干吗就不干吗，松松快快地上学放学，做家务。这种松快，终于让我付出了代价。

有一次数学考试后，有"心态不好"的同学跑老师那里打听去了，回来他路过我家窗前正好让我看见。我隔着窗大声问他：我几分？他说你100分。我又问几个100分的，他答：就一个。我也和他一样认为这一定是我了。我妈在旁边也一声不吭。

可是第二天到学校才知道他弄错了，这个唯一的100分，并不属于我。也就是说我考砸了。回到家，我用最快的速度在我妈那里做了更正。我妈当时正在洗衣服，她还是一句话不说，但抬手给了我一巴掌，肥皂和水火辣辣地甩了我一脸。我吓坏了，她又气又急的样子，实在出乎我的意料。

这一巴掌确实让我醒过神来：考得好可以不管，但考得不好是一定要管的。

她从没有打过我两个妹妹。相反她倒是经常搂抱着她俩，或者任凭她俩亲一下热一下地在她身上蹭来蹭去地撒娇。

很多不是问题的问题，此刻在我眼里都成了问题。

在无聊的岁月里，邻居的大人们常常拿孩子逗乐，比如我大妹的胖或我小妹的瘦，而我长得据说不像我妈我爸，像谁呢？有人就悄悄告诉我：你是你爸你妈抱来的……我立刻就哭开了，那一种伤心我至今还记得。我断然地要求那个大人一定要带我去找我爸我妈……

你怎么就当真了呢？人家寻你开心都不知道。她依然怪我，满是烦恼的样子。

寒暑假里，我们孩子们可能的远行就是去祖父母家或外公家短住，我从来没有想过家，不像两个妹妹。她们不出一两天就嚷嚷着想家，其实是想妈。

她依然看我什么都很挑剔。等我长到知道要漂亮的时候，有人客客气气地对她夸小姑娘（我）长得好时，她却说好看啊那是老三好看。我是难看的吗？老三是好看，可我以为她就是不能这么说（当着我的面）。

孩子们长大就像飞一样，转眼间的事。这是老妈现今的语录，用来勉励我和妹妹——我们一晃也是当妈的人了。

我自己做了母亲以后，知道做母亲有多难之后，才开始理解她当年的独立苍茫，汗流满面该有多不容易。不说洗尿布那会儿的事吧，就说给我们三个每天补袜子补鞋补衣服，哪天不是弄到深夜？还要做新的，织一家老小的毛衣，这也是长年不断的。面食点心是从面粉阶段开始加工成型的，每年过冬的两百斤青菜两百斤雪里蕻从到菜场排队买下搬回家开始，洗晒切腌哪一个环节能省略？

在我的记忆里，在冬天里她的手总是又红又肿。她的脚上也是长年裂着血口，脱尼龙袜子时她咬着牙，有时竟脱不下来。因为她的棉鞋破旧，我们的脚长得快，又费鞋，她的顶针绳线下总有要加急的活计。她常常刺破手指，就把指肚含在口里嘬嘬吮着，她不时皱眉的习惯大概从这儿来的。

对我两个妹妹她其实是管束不过来，要我做"榜样"，或者说杀鸡给猴看，也是出于无奈。我竟不能知，唉……

我大病一场的那会儿，她把她的金银首饰卖了，不够，又去"献血"……可她依然与我少话，那次我几次想与她说点什么都没有说，是她眼眶里的盈盈的泪光把我吓住了。

我想起来了，她是爱哭的，仿佛比我们更爱哭。看电影听戏，年轻年老时与我爸吵架，我们不听话时，她的眼泪就汹涌而出，日子是她流着泪一天天过去的。

她如今老了，头发白了，腰粗了，人胖了，可依然爱哭。为了和我爸的事，为了死去的外公，为了自己的病，眼圈红着，久久的。我摸着她的头发，她会颤抖一下，像受了惊一样。

我还记得小妹那年得了急病，她背着小妹，小妹当时已经昏迷了，无知觉的身体直往下滑。妈只能弓着背走，我在后面用手托，而她的背竟被汗水湿透了，湿滑湿滑的。那条路平时甩着手走也要四五十分钟，那天究竟走了多长时间，也不知道。就听医生说再晚半小时就来不及了。妈进了急救室，我被挡在外面，一直守到深夜。

可我还是禁不住怀疑，眼前这个脆弱的老妈，究竟是怎么把我们抚养长大的？她不再说我什么，而是什么都听我的了。

有点盲目，她并不了解自己，就像当年的我。

我的妈妈，流泪的妈妈，你知道吗？我的良心，我的责任，或许还有所谓的能力、耐烦劲、平常心……一切的一切，那都是来自于你，或者说与你有关——我亲爱的妈妈！

（摘自《影响人一生的100个母爱故事：送给母亲孩子和自己的最好的人生礼物》）

有一种情感永不泯灭

方冠晴

这是一个真实的故事。

一个妇女，她的儿子三岁那年，被人贩子拐走了。她受不了这个打击，精神崩溃，神经错乱，半疯半傻的。她有时候很平静，有时候见人就打，见东西就摔，弄得家里不得安宁。家里人实在没有办法，将她送进了市郊的精神病医院。

妇女入院的第三天，就从精神病医院跑了出来。离精神病医院不远，有一家乡里办的鞭炮厂，此时正接近中午，大门口的保安恰好进屋去接一个电话，就在这一会儿的空当，疯女人跑进了厂里。她径直闯进了生产车间，顺手抓起一些东西就往地上摔，等车间里的几个工人和保安跑来制止她时，她正举起一个小铁箱，要往地上摔。几个工人和保安看到这个场面顿时吓傻了，一个个目瞪口呆，甚至忘了往外逃跑。因为这个疯女人举起的小铁箱，是一箱用来做鞭炮的火药，这箱火药一落地，强烈的撞击很可能会引起火药的爆炸，一定会引发周围更多成品和半成品的爆炸，后果不堪设想！

这时，有人反应过来向她叫喊："放下它！放下它！"可是疯女人只是看了他一眼，反儿更高地举起了火药箱。保安急得大叫："别动！那是火药！摔下来，你自己也会没命的！"但疯女人显然不明白他们的话，看着他们又咯咯地笑起来。

情况万分危急！保安和工人们想拼命冲上去，夺下疯女人手中的火药箱，但他们又不敢动，怕这样做反倒激发这个疯女人迅速地把火药扔下去！眼看着一场激烈的灾难就要发生了，车间里的人们纷纷跑出来，往工厂的大门外跑。就在这时一直在追寻疯女人的精神病医院的医生赶到了，医生看到这些工人一边跑一边大喊大叫："疯女人要摔炸药了……"医生从这个混乱的场面和人们惊慌失措的喊叫声中猜到疯女人可能在这个鞭炮厂里，医生立刻冲进了厂里并迅速冲进了车间。果然不出所料，医生看见几个工人远远地围着那个疯女人，而那个疯女人的手中正举着一个小铁箱，医生顿时意识到那个小铁箱的危险性和重要性，说时迟那时快，医生灵机一动立即冲疯女人叫了起来："别摔坏了你的孩子！"

医生刚说出这句话，只见那个疯女人顿时愣住了，她睁大一双无神的眼睛，直直地看着医生，那箱火药却仍举在头上，没有立即落下来。医生又大声而和蔼地说了一句："你手上举的就是你的孩子。"

疯女人的神情立即安定了许多，她将举在头顶的火药箱放了下来，紧紧抱在怀里，低头打量着怀里的东西。就在这一瞬间，保安和工人们冲了上去，夺下了那箱火药。

所有在场的人都松了一口气，这时，有两个人紧紧抓住了疯女人就往外走，而疯女人还在呜呜吼叫着要抢回那个小铁箱，一场重大的血腥的灾难就这样避免了！人们把目光投向了医生，人们感激他，又钦佩他。在他们看来，医生"别摔坏了你的孩子"和"你手上举的就是你的孩子"这两句意思一样的话具有无比神奇的力量，因为这个疯女人什么话也听不明白，也听不进去，却"听懂"了这两句话的"含义"。

医生一边告诉人们把疯女人送回精神病医院去，一边对大家说："我能说出这样两句管用的话，是因为我知道她的病根，我能找到她心灵深处最牢固、也是最能唤起她的记忆的一丝东西——那就是她当年丢失孩子的苦痛和她对自己孩子的深厚的母爱。虽然她现在疯了，她精神错乱了，但是她有时候是平静的，她还没有病到完全丧失母爱的程度，只要那一丝尚未泯灭的母爱还存在，她的病还是有希望治好的。"

是的，不管是什么人，只要他还有一点点爱心，就能启动他的心扉，唤醒他爱的本能，就可以制止他的"疯狂"和"错乱"，就可以让他学会"理智"和"善良"。

（摘自《读者》2005年第1期）

献给母亲的礼物

吴 纯

我11岁时父母离异了，我和母亲一起生活。有一次，母亲带我到新华书店，给我买了两幅字——一是"坚毅"，一是"自立"。这两幅座右铭一直陪伴着我。在"自立"那幅字下有一句话："靠山山倒，靠人人倒，靠自己最好，凡事莫存依赖心，以自强自立为本。"母亲希望用简单的话语激励我，让我知道应该承担的责任，我是家庭的一员，我和母亲就像人字结构，一撇一捺，互相支撑。我们在教室住了半年左右，这两幅字就一直陪伴着我们。

我4岁时，一位很有心的幼儿园音乐老师通过一个学期的观察，发现我比别人学得快，唱得准。她对我母亲说，这个孩子有音乐天赋。母亲找了很多亲戚朋友，借了1000元钱买了一架电子琴，虽然当时她的工资每个月只有40元左右。学了差不多10个月，电子琴老师对母亲说，这个孩子乐感很好，常常超额完成作业，应该去学钢琴。一架钢琴将近5000元钱，在20世纪80年代真是一笔巨款。母亲又去借钱，找了很多人。

对孩子来说，弹钢琴最初是出于兴趣，但之后的练习，记五线谱，却非常枯燥。这时，老师的教导和家长的陪伴缺一不可。母亲非常用心地记下老师的每一句话，回家后帮我复习。

家里出现变故后，我学琴的压力更大了。最初，钢琴不能放进教室，晚上下了课，我去母亲的同事家里，他们吃饭，我练琴，练完以后去食堂吃饭，然后带饭回去给母亲。我先写作业，写完作业用收音机听音乐。妈妈吃完饭继续忙，比如焊接。我不会焊，但会帮她插元器件，妈妈节省了时间，我也锻炼了动手能力。

我们不能一直住在教室里，总要另想办法。母亲就找了许多活儿干。武汉的夏天特别热，差不多有40摄氏度。妈妈带着我去采购材料，大概3小时的路程，转几次公交车，背回20多公斤的元器件或者塑胶棒。我虽然小，但能扛起一个袋子。我问母亲："你这么辛苦，老板给你多少钱？"母亲说，她没有技术，只能拿劳动力去换钱，拿时间去换钱，拼命干活儿却挣很少的钱。她让我好好学习，因为时代在进步，我要成为有本事的人。

母亲的一个同事知道我们的境遇后，主动提出让我教她7岁多的女儿练琴。我很忐忑，母亲说，你放心，记住老师说的每句话，自己总结一下，这样既可以温故知新，又可以在教的过程中看到别人的缺点，自己可以规避。然后，我这个小老师就上任了。一个星期4堂课，我的报酬有100元钱。我拿着钱一路跑，看到妈妈的时候特别高兴，告诉她这是我赚的钱。妈妈当时流着泪说："我儿子长大了，可以为这个家做更多的事儿了。"

那时候，母亲打工，没有时间安排生活，就每天给我10元钱，让我来管理。母亲希望我懂得，孩子不只是一个消费者，还可以创造财富。孩子在家庭里有权利，也有义务和责任。

1997年，乌克兰音乐学院的波波娃教授到武汉讲学。她听了我的演奏后觉得我有才华，可以深造。当时我才15岁，妈妈有点不舍得，但她还是接受了老师的建议。在乌克兰，一年的学费加生活费要3000美元（约2.5万元人民币）。1998年冬天，妈妈在机场给了我沉甸甸的3000美元，她说那是我们的全部家当。她还说，我要做好6年不回家的准备，因为没有钱买机票。

到乌克兰的第五天，为了缴学费，我要把手上的美元换成当地货币。为了换得多一些，我就去了更远、更偏僻的地方。结果我被骗了，1500美元（约1.2万人民币）学费全没了。当时我整个人都炸了，身体不住地颤抖。

我先用1500美元的生活费交了学费，身上剩下几十美元。我每天早上5点多起床，6点音乐学院一开门我就去练琴。有一天，我发现一个老板送牛奶，我就请他把这份工作给我，报酬只要牛奶和面包。我早上喝牛奶，中午和晚上喝白开水。这样的生活，我坚持了一年。此外，我还送过外卖，刷过墙，贴过壁纸，帮过厨，做过配菜，干过家政，能做的我都做。我每天只睡3小时，练琴不能落下，学习语言不能落下。这份坚毅是母亲给我的。

自从机场一别，母亲也过得十分艰苦。母亲虽然打了5份工，每天却只有4元钱生活费。她体检时抽不出静脉血，同事笑话她，说她被儿子吸干了血。她马上否认，说那是她的责任。她说，一个母亲把孩子带到世界上，不可以让孩子成为社会的负担，而是要为社会添砖加瓦。她觉得自己必须坚强地活着，成为一个钢铁之躯，不能生病，不能放弃，不能堕落，必须承担起养育孩子的责任和义务。

当年我给母亲写了很多信，有几千封，为了不超重还写得密密麻麻的。她一遍又一遍地读我的信。回国后我才看到那些信纸都被浸湿过，有我的泪，也有母亲的泪。

现在我几乎每场演出都带着母亲。我演奏的每一个音符，都是献给她的礼物。

（摘自《读者》2021年第3期）

与父书

潘　萌

　　刚挂上电话我就开始写这封信。抱歉，我骗你说我马上就要睡觉了。你问我书中有没有写到你，呵呵，当然有。你是我血液的源头，我的父亲，我对男性所有好感的来源。我的嘴唇轻轻动两次，就可以吐出的音节：父、亲。

　　我没有在 D（dad）中写你，而是选择在 F（father）中写，因为我想我们对彼此的感情不止于平凡的父女之间。

　　我要说，我生命中所有的神奇都是在这个 F。我的所有情感所有勇气所有善良所有付出所有脆弱所有坚强，所有的所有，都是给这个男人。

　　你还记得吗？我初三的时候我们一起在电视台做一个关于父亲节的节目，主持人问我，你觉得你从爸爸那里获得的最有意义的东西是什么？我说是我的血脉。我说我身体里流淌着的是他的血，这才是我最大的幸福。我现在依然可以平静笃定地说这句话。我记得你当时用力地握了握我的手。

我每一年能见到你的日子不过两三个月，总是聚少离多。你在我两岁时终于厌倦了在省委机关里写报告的生活，索性停薪去了南边那个遥远的海岛。所以在我的童年，父亲永远都是一根通向远方的电话线，我会每天拿起电话用稚嫩的声音询问：爸爸你什么时候回来啊？答案总是快了快了。然后某一天一觉醒来发现我的枕头旁边放着一个大大的洋娃娃或一套漂亮的格子洋装时，我就知道爸爸是真的回来了，然后就急忙跳下床奔向你。有的时候你穿着大T恤衫，留络腮胡子，有的时候是西装革履的样子。年幼的我，不太记得你的模样。你在家的时候极少，以至于当你外出回来时抱着我到院子里散步，周围的邻居会以为我家来了陌生的客人。我小声地解释说不是的不是的，这是我的爸爸，然后难过地低下头，不知怎么的就觉得有很羞愧的感觉。你没有目睹我一点点地从一个小丫头变成现在的模样，不知道你是否会和我一样对此表示遗憾。

你不是每天早上八点就拎着公文包上班，却每晚都在桌子前写字写到很晚。你说这辈子什么也没有留下，也要留给我这个背影。你从不凶巴巴地要求我背诵唐诗三百首，却经常笑着看着不满四岁的我提着颜料桶在家里的墙壁上乱画，然后带我去公园画旋转木马。你说"神童"二字，不是"童"亵渎"神"，而是"神"亵渎了"童"。一直到现在我都很感谢这些话。

你是一个如此喜欢和命运抗争的人，所以会经历很多很多痛苦。有很多故事你都是等我慢慢长大了以后才一点点告诉我的。你说做人，做一个男人，最重要是三个字：经得起。而我越是长大，就越发现自己对你的感情由许多的崇敬变为了许多的怜悯，我会心疼你，可怜你。望着你的脸，我往往感到不忍。很多时候我甚至希望你庸俗平凡，但是平安、健康、快乐。我希望你过安逸的生活。可是你就是这样的人呀，就如同你吃菜讲究的是色香味而不是营养搭配一样。我想你大概到了80岁，面对不满意的生活还是会立马转身就走吧。我拿你真是没有办法。

父亲，你说你唯一不能放弃的就是自由和对我的爱。我总是有种错觉，觉得你是背着对我的爱四处漂泊。可是，我逐渐长大了，你也就逐渐老了。你果真要这样漂泊到死吗？每一年的除夕我站在家门口听你拖着箱子由远及近的声音时，我就想大概从来没有一个女儿以这样的方式爱着自己的父亲。很多时候我只能看着你远去的身影日渐蹒跚。

现在我一抬头就可以看到我们一起做的陶瓷盘子，你的盘子里画了落日跌进山谷中的油画，我的是一个美女卡通头像，它们摆放在一起多亲密。看着看着我就想起那天我们俩挽着袖子在窑里烧盘子的情形，你满脸的汗，但表情那么喜悦，就像一个比我还小很多的小男孩。写到这里我捂着嘴轻轻地笑了。

去学校报到的那天你陪我到超市里采购了很久，大大小小的东西装满了推车。快要推去付账的时候我发现还少一样东西，于是就叫你看着车子坐在椅子上先排队。等我拿着东西回来的时候，发现你已经靠在椅子上睡着了，还轻轻地打着鼾，一只手还抓着推车把。其实只不过短短的两三分钟而已。那一刹那我觉得喧哗拥挤的超市突然寂静了下来，我安静地站在你面前看着你，看了很久很久也不舍得把你叫醒。我第一次那么深刻地感受到你的疲惫之态，毕竟，已经是年近半百的人了。写到这里，我突然被这"年近半百"的说法吓了一跳。我的印象中你一直是很英俊的男人，可是最近你显得越来越邋遢，有一种老迈的迹象，爱重复说话，爱随手关灯，爱打盹。英雄迟暮大概是比美人迟暮更可悲的事情吧。我简直不忍心在几十年以后看到你连话都说不清楚，饭汤洒了一身的样子。你是我的父亲啊，是那个永远把我扛在肩上的男人啊。到了大学里我经常在电话中给你诉苦。你告诉我说上不上大学无所谓，你说上哪所大学也无所谓，你想做什么就去做，要是有后果我愿意和你共同承担。我想这句话不是所有的家长都能发自内心说出来的。可是我明白你的意思，就像我小的时候我们经常有的对话：

"写不写作业？"

"不想写。"

"真的不想写？"

"真的不想。"

"一点点也不想写啊？"

"一点点也不。"

"好吧，那就不写了嘛，过来看《西游记》吧。"

你不在乎我是否分数高、考得好，是否有光明的前途，是否找到好工作，你让我自己选择，你要我学会如何平衡自己的生活，如何成长。在我可以独立思考的时候你就已经把我当成一个需要认真对话的对象，就像挂在书房里的那张大照片一样，小小的穿着毛绒开衫的我和大大的穿着破烂休闲服的你，都跷着二郎腿，并排坐在一条长凳子上，一大一小两张脸上是类似的眉眼和相同的得意的表情。我们把这张照片命名为"平起平坐"。就是这样。你的那些文学界的朋友说我们的父女关系很后现代。我还没弄明白后现代是什么，但是我喜欢。

父亲，其实我想我的这一辈子只有一个愿望，就是能够成为你的骄傲。我现在所有的努力也是为了实现它。我要让别人觉得，我配做父亲的女儿，我和你一样好。

我不指望这封简短的信就能说清楚这种深入我灵魂的情感。

我用我所有的所有来爱你，从过去，到现在，到以后。

（摘自《读者》2013年第11期）